ゆゆのつづき

JN207678

高楼方子

群青色だった空が白々と明るみ、新しい陽が昇りはじめたのを、由々は窓ガラス越しに知って鍵盤から手を放し、ピアノの上の電気スタンドを消した。ここではだれに気兼ねすることもなく、一晩中起きていたあとに、熱いコーヒーをいれ、ピアノを弾くこともできた。

由々は立ち上がり、みぞおちの高さにある小窓を左右に大きく開いた。こんもり繁る木々をところどころに挟みながら、なだらかな傾斜をすべり落ちていくように、赤や青の屋根屋根が海まで続いていた。そんな町は、まだまどろみの中にあったものの、開けた窓から、ひんやりした新鮮な空気とともに、港で鳴る、絶え間ないバタバタバタ……というエンジン音がかすかに忍びこみ、今までこの小部屋を満たしていたソナチネの余韻を掻《か》き消していく。

由々の背後にある薄暗くせまい空間には、ピアノとカウチソファー、本棚のほか、書き物机が置いてあった。開きっぱなしのパソコンが、乱雑に積まれた本や辞書や紙束にはさまれている。細々とながらも、二十余年、由々は翻訳の仕事をつづけてきたのだった。〈杉村由々訳〉として出版された小説の中には、ぽつぽつと版を重ねて読まれているものもあった。そして五十も半ばを過ぎた今、色褪《あ》せた煉瓦《れんが》のビルの五階の、はじの一室を仕事場として借り、勤め人のように通ってきては、たんたんと仕事し、夕刻にまた帰っていくという暮らしをしているのだった。よほど興がのり——ちょうど今日のように——ここで夜を明かす、ごく珍しい場合を除いては。じゅうぶん居心地のよい自宅も、仕事のしやすさにかけては、もうこの部屋に及ばない。

　窓敷居に肘《ひじ》をついて眺めやる遠い先で、まだ色彩のない白々とした海の上を、早起きの船が二艘《そう》、航跡を残しながら漕《こ》ぎ出していくのが小さく見える。カモメが、アアーアアーと鳴きながら舞っている。

（そうだった……。あの日もこんな時間に窓を開けて、生まれたての朝の空気を鼻の奥まで吸いこんだんだった。庭はまだ全体に白っぽくて、だあれも起きだしていなくて、しんとしてた。だからもう一度ベッドに入ったのよ……）

　あの日とは、小学五年の夏休みの一日目のこと。四十六年も前のことだ。そんな遠い日のことを思い出したのは、さっきまで弾いていた曲のせいだった。五年のときに弾かされていいた、ソナチネ。作曲家はディアベリ――。

由々は今日、日付をまたいで仕事しつづけ、三十分ほど前に、短編集を一冊、訳し終えたのだった。しばらく携わっていた仕事に見合うだけの、満ち足りた吐息をついて伸びをしたあと、コーヒーをいれ、カップを手にしたまま昂《たかぶ》った気持ちを鎮《しず》めるように薄暗い部屋の中を歩き回った由々は、段ボールにまとめて立ててあった楽譜類の中から、黄ばんだ薄手の一冊を適当に抜きだした。そして何の楽譜かも確かめずにピアノの譜面台にのせ、ひとりでに開いたページの音符を、右手でさらった……。

ラシレードー……ファラーソー……シレレードー……ソソラ、ファ……。

ぽろんぽろんという音がつながってメロディーになったときだった。遠い夏の一日が、時の彼方から、かすれた点描画のような姿をゆっくりと現し、由々の意識は、たちまちそこに向けられたのだ。高いソの音が一音、ペダルを踏んだときのようにいつまでも音を引きずるのがこのピアノの癖だったが、その響きは、まるで過去の時間へと引き寄せる細い一本の糸のように、周りの音にまつわりついた。

由々はカップを置き、きちんと椅子《いす》に腰かけて頭から弾きだした。四十六年間、奏でることも、耳にすることすらもなかった曲を。

由々は鳴かず飛ばずの生徒だった。弾かされる曲を、美しいと思いながら練習することもなかった。だからあの日、レッスン日でもないのに先生の家の前を通りかかったとき、たまたま聞こえてきた、ほかの生徒が奏でるこの曲が、意外なやさしさで心をなだめてくれることに驚いたのだ。その驚きまでもがよみがえり、あんなふうには今でも弾けないと思いながら、電気スタンドの灯りのもと、丁寧に指をすべらせていると、薄くまばらだった点描は徐々に濃く緻密になり、あの日のさまざまの場面が、ありありと現れてきたのだ。

小窓から身をのりだし、青みを増してゆく空を、のけぞるようにしてゆっくり仰《あお》ぐと、広大な空は親しみに満ちて見え、一仕事を終えた安堵感とともに、由々は解放されたような喜びを覚えた。そうしながらも、思いは、まだあの日に留まっていた。

（もう一度ベッドに入ったけど、すぐにまた目がさめて……。期待と緊張で胸がいっぱいで……すごくドキドキしてた。そう、あの朝ときたら……）

由々は大きく肩で息をした。

（ほんとにまあ、あの日ときたら、さんざんだった。でもあの夏の日は……）

由々は、窓枠の上で、ゆっくりと頬杖《ほおづえ》をついた。

（いちばんわたしらしいわたしだったんじゃないだろうか……）

焦点のない目を、薄水色に色づき始めた遠い海に向けたまま、由々はじっとしていた。

記憶の奥底に沈んでいたあの日が、さらにありありと浮かんでくる――。

Ⅰ部

ゆゆ・あの夏の日

1

夏休みが始まったその朝、一度起きたあとでふたたびベッドにもぐりこみ、短い眠りを無理やり眠ったゆゆは、ぱっちりと目を見開きながら、胸の奥から突き上げてくるかたまりのような思いに、しばらくじっと耐えていた。それから、ついにガバッと布団をはねあげてベッドをぬけだすと、洋服だんすに飛びついて、中から一着のワンピースを取り出し、急いで着替えた。

白地に小さな黄色の花が飛ぶ木綿のワンピースは、ウエストのところでギャザースカートに切り替わる。四角くくられた襟もとは、蓮根レースにかちりと縁どられ、袖は肩のところで、シュークリームのように丸くふくらんでいる。

シャッと窓のカーテンを開けると、せまく雑然とした部屋は明るい朝の色に染まった。

上半身がやっと映るだけの鏡しか部屋にないのが残念だったけれど、ゆゆはスカートの裾《すそ》をつまんで狭い空間でくるりと一回転した。

「〈黄の花のワンピース〉！　ああ、大、大、大好き！」

　声には出さず、熱い息とともにささやく。よそいきでも普段着でもない夏用の一着、〈黄の花のワンピース〉を身に着けたとたん、ゆゆは自分のことが好きになる。光を撥《は》ね返す白い布の輝きに顔色ははなやかに明るみ、鏡の中で生き生きしている。短髪がふわりとしている。鏡に向かってこくりとうなずくと、胸をつきあげていたぐつぐつ沸き立つような熱いかたまりは、何とか落ち着きを得て、鎮《しず》まっていった……。

　そろそろ階下でドアの開く音や水を流す音がし始めた。そのうち母親が階段を半分まで昇ってきて、〈なな〉の名につづけて、「ゆゆー！　ゆゆちゃーん！」と張りのある声で呼ぶだろう。そうしたら、「はーい……」と眠たげな声で答え、とりあえず、いつも着ているサッカー地のワンピースに取りかえよう。もちろんそのあとでは、家族のだれにも見つからないようにこっそりと、今ぬいだばかりの〈黄の花のワンピース〉にふたたび袖を通すのだけれど――。

　そもそもそれは、だれのものかわからない古い文芸雑誌をパラパラとめくっていたときに目にはいった、埋め草用に配されたカット画の少女が着ていた服だった。これといって特徴のない、典型的な夏のワンピースにすぎないはずなのに、何かが、ゆゆの心を、ひゅっととらえたのだ。

（これって……これってわたし……）

少女はこちらに背を向けて両手をあげ、伸びあがるようにして風に吹かれているのだった。だから顔はわからない。でも、短めのふわふわの髪とからだつきは、自分のようだった。しかも、いちばん好ましい自分が、そよ風とたわむれているとしか思えなかったのだ。

（わたし、ぜったいにこの服を着たい……）

はげしくそう思いつめたゆゆは、胸をいっぱいにしながら、紙に、その服を描き写し――ちゃんと正面向きの服に描き直して――母親に手渡した。後ろ向きの少女の絵に襟もとは描かれていなかったが、少しも迷うことなく四角にくり、小さな玉でその縁を囲んだ。絵はモノクロだったし、生地には何の柄もついていなかったのだけれど、ゆゆは小花をさらさらと散らして矢印で指し示し、〈これ、タンポポみたいな黄色い花〉という断りをつけた。絵では省かれていたけれど、その子が着ている本当の服がどんなものなのか、ちゃんと知っていたかのように。もっとも、なぜほんのわずかのためらいすらなく、そんな花を散らしたのか、ゆゆにもわからなかったのだが。

ほどなく母親は、町いちばんの生地屋から、ゆゆの注文をほとんどたがえることない布をさがしだし、そっくりそのままのワンピースを仕立ててくれた。それを見た祖母が、両手で湯飲み茶わんを包みこみながら、高く細い声で、おっとりと言った。

「おお黄の花のお洋服……。いいこといいこと……ほんとにかわいらしい……」

そして祖母は、細めた目を遠くに向けて、ものを思うように、ゆっくりとつぶやいたのだ。

「……きれいに晴れた日……野原いちめん、すうっと伸びた茎の上に、ぽつんぽつんと咲く小さな黄の花が、いくつもいくつも青い風に揺れるさまは、ほんとうにいいものだねえ……。ああ、気持ちがせいせいするようだ……」

そのとたん、ゆゆの目にもその光景が広がり、心の中を風が吹き抜けていったのだ。そして、なぜそんな花を散らそうと思ったのか、くっきりとその理由がわかったような気がした。

こうしてこの服は、ゆゆの心の中で、〈黄の花のワンピース〉と名付けられた。

ゆゆは、ひそかに、この服に望みを託した。これを着ているわたしがほんとうのわたし。そしてほんとうの自分になったなら、きっときっと素敵なことがやって来ると。

この服は、学校とは無縁のところへ、ゆゆを連れ去るものでもあった。静かにしてくださーいとクラスのみんなに向かって声をはりあげてみたり、陰口をささやきあったりするゆゆは、ぜんぜん、ほんとうの自分ではなかった。ほんとうの自分は、何もかもからすっかり解き放たれて、風の中でくるくる回っているような、そして心に溢《あふ》れてくるものを、ためらいなく、ざぶんとそのまま投げ出すような……何かそういうものだった。

だからもちろん学校には着ていかない。これまで着てでかけたことはただ一度、公民館で催される市内の小学生たちの合同音楽祭に出たときだけだった。学校の子たちが一緒なのだから、着ていくべきかどうか迷わなかったわけではない。でも、あの黄の花のお洋服で歌っておいでよと、祖母が強くすすめるものだから、ゆゆは着ることにしたのだった。

そして、驚きとともに確信を強くしたのだ。その日、〈素敵なこと〉は、奇跡のようにちゃんと訪れたのだから。


——「わあ、可愛い栞《しおり》……。どうしたの?……」

公民館の楽屋で、コバルト色のジャンパースカートをはいたその子、緑が原小学校の安西れい子ちゃんは、濡れたような大きな目をくっきりと開き、ゆゆが楽譜にはさんでいた栞にそっと手を伸ばしながら、溜《た》め息のような声でいった。それは、緑色の画用紙に、貼り絵をして作った自作の栞だった。貼られているのは、〈黄の花のワンピース〉を着た女の子だ。

市内の小学生が音楽を通して交流するという夏の合同音楽祭が開かれたのは先々週のことだった。ゆゆたち駒鳥小と緑が原小の子たちは、小窓から陽のさしこむ同じ楽屋でいっしょに練習をしながら、出演までのしばしの時間を過ごした。特別の高揚感が漂い、ふだん口をきくことなどなかった別のクラスの男の子とさえ、他校の子の前では、いかにも〈身内〉のように慣れた口をきき、やがて他校の子たちとも親しく口をきくようになっていった。初めて会う見知らぬ子たちでありながら、同じ歌の同じパートを歌うことが生み出す仲間意識が、たがいの垣根を低くしていた。背が同じだったゆゆとれい子ちゃんは隣同士になった。横から聞こえてくるれい子ちゃんの声は、澄んで細かったけれど、音程も強弱もしっかりしていたから、ゆゆも自ずと真剣になる。「そこの二人、ぴったりそろってて、とってもきれい！」と先生に褒《ほ》められて顔を見合わせたとき、はにかんで微笑《ほほえ》んだれい子ちゃんは、何ともいえず可愛らしかった。

　れい子ちゃんが楽譜にはさんでいた栞をみつけたのは休憩時間のときだった。

「作ったの？　じょうず……」

　気に入りのだいじな栞だったから、あげたくても、これはちょっとあげられない。でも、この子ともっと仲良しになりたいという思いは、時間とともに強くなっていき、そしてある瞬間に――それは、れい子ちゃんが別の子と話しているときに、あはっと笑い、そのまままさっと横を向いたのを見たときだったが――ゆゆは思ったのだ。あ、チェシャ猫の……と。

『不思議の国のアリス』に出てくるチェシャ猫という笑った顔の奇妙な猫は、姿を消すとき、徐々に身体《からだ》が薄れていって、最後にそのにんまりとした笑みだけがふわりと宙に残るのだ。じきにその笑みも薄れ、消えていくのだが……。正体のうろんなチェシャ猫を素直に好きになることはできなかったのだけれど、宙に残る笑み、というものに、ゆゆは無性に魅せられていた。

安西れい子ちゃんが笑い、それからさっと横を向いたあとに残った空気には、まだ笑みが残っていたのだ。むろん、チェシャ猫のより、うんと可愛らしくて、信じられる人のような笑みが……。

音楽祭が終了し、学校別にまとまって帰途についたときも、先生同士がすっかり親しくなった駒鳥小と緑が原小の生徒たちは、入り乱れて、幅広の坂道を下った。

ゆゆと並んで歩いていたれい子ちゃんが、「れい子ちゃん、来て来て！」という声とともに同じ学校の子たちに連れさられ、前の方を歩きだしたのを、ゆゆは残念な思いで見つめていた。

やがて小さな曲がり角にさしかかったとき、れい子ちゃんは歩を止めて後ろを振りあおぎ、

「先生、さよーならー！」

と、頭を下げ、はっきりしたきれいな声をはりあげたので、歩いていた全員が何となく立ち止まった。

「あ、はーい、さよーならー。れい子ちゃん、今日はよくがんばったねえ！　また明日ねえ！」

先生の声が背後でひびくのを聞きながら、ゆゆが、人垣をかき分けて何とか前に出ていくと、気づいたれい子ちゃんはパッと顔をほころばせ、

「あ、ゆゆちゃん、うちね、ほら、あそこなの。今度、遊びに来れたら来て！」

と行く手を指さした。

「うん、わかった。じゃあ、夏休みになったら行くね！　なるべくすぐ行く」

れい子ちゃんはゆゆをまっすぐに見て、笑顔で大きくうなずいた。

「じゃあ待ってる。ほんとに待ってるね！　ばいばーい！」

そして、みんなに向かってまた手を振りなおすと、コバルト色のスカートをひらめかせ、芝生ののぞく一軒家をめがけて、一目散に駆けていった――。

それからほどなく、ゆゆは同じ栞を心をこめて作った。自分のものよりもっときれいに出来上がったのが嬉しかった。それをセロハンでつつみ、赤いリボンのシールを貼った。

おそろいで持つ、特別の栞。

そして、一学期が終わるのを、じりじりと待ちつづけた。

学校の生徒たちにとって、夏休みの始まりほど心浮き立つことがあるだろうか。先には、どこまでものびた金色の線路のように、長い休みの日々がきらきらと輝きながら待ち受けているのだ。でもゆゆにとって今年の夏休みは、長くのびた線路ではなく、光る大きな一つのしずくとなって、一日目にまあるく固まっていた。その先は、ただぼうっとおぼろに霞んでいるばかり……。夏休みがきたら、すぐに〈黄の花のワンピース〉を着て、栞をもって、夏の光の中を安西れい子ちゃんの家を訪ねていく。だれにも、一言もいわずに。だってこれは、わたしだけの、とっておきの秘密の冒険だから。

――れい子ちゃんは言うかしら？　ねえ、裏に来てみて。ほら、あのもしゃもしゃした緑の枝ね、あれをかき分けてずうっといくとね、いきなりパッと、それはそれはきれいな景色があらわれるの。ね、一緒に行ってみない？　……それともれい子ちゃんは、自分が書いた秘密のお話を見せてくれるかしら？　そしてわたしにきくかしら？　ゆゆちゃん、いい言葉を知らない？　ここをとびきりすてきに書きたいの。そうしたらわたしは、きっとぴったりの言葉を思いついてあげる……。それはどちらも、ゆゆの好きな空想のやりとりだった――。

れい子ちゃんは、細い声で話す、でしゃばらない子だけれど、めそめそもくねくねもしていない。いくつか交わした会話は、みなきちんとかみ合って気持ちがよかった。仲良し友だちになれる二人だということは、おたがいにちゃんとわかった、と思う、たぶん、いや、ぜったい……。そしてあのやさしそうな、可愛らしい笑顔……。

ああ、どんなことが始まるだろう！　でも考えるのはもうよそう。安西れい子ちゃんの家を訪ねていく。それがだいじ。あとのことはそれからよ……。

ゆゆの思いは、ただもうそれだけだった。

2

その朝、食卓で母が言った。

「なな、今日、三時までにはちゃんと帰ってくるのよ。上野さんとこの敦子《あつこ》さん、来るんだから」

中学三年のななは、夏期講習を受けに塾に行ったあと、友人たちと、友だちの誕生日プレゼントを買いに行くことになっていた。〈敦子さん〉とは、母の知り合いの上野さんの、教育学部に通う娘さんだ。家庭教師の話は、娘がアルバイト先を探していると話す上野さんと、そろそろだれかに見てもらった方がやはり安心だと思い始めていた母との間で、あっさりまとまった。

「うん、わかってる」

ななはパンを口に押し込みながら、投げやりに答えると、ゆゆに横目をくれて、

「……なんかおとなしくない？」

と探るように言った。

「え、そう？　ね、このジャムっておいしいね」

ゆゆは努めて平静を装い、今朝ふたを開けたばかりの新しいジャムをたっぷりとパンにこすりつけた。

もちろん平静ではなかったから、それだけ言葉少なだった。たくらみを秘めた心は口もとまでもせり上がってくるようで、ほんとうはあまり食欲さえなかった。でも、ふつうにしていなければ。

「敦子さんに何習うの？」

興味はなかったけれどゆゆはたずねた。

「数学と英語だっけ……？」

ななも興味なさそうに母に確かめ、母がうなずくのを見て、

「だってさ」

と言った。


部屋にひきとったゆゆは、悩んだ末、昨日のうちに用意していたハンドバッグから中身を取りだし、ピアノのお稽古《けいこ》バッグに移し替えた。お財布。とっておきのカナリアの刺繍《ししゅう》

のハンカチ。チリ紙。そして新しい栞。ほんとうは持ちたかったお気に入りのハンドバッグではなく、見あきてしまったアップリケのついた四角い手提《てさ》げなどを持つことにしたのは、そのほうがあやしまれないと思えてきたからだ。すれ違う人のだれもが、一人で歩く子どものことを、習い事に行く途中なのだと眺めてくれるほうがいい。けれど中身の少ないバッグはくたんとして、いかにも頼りなげだったので、薄い楽譜を一冊入れ、栞をはさんだ。形が整い、栞にとってもこのほうがよかった。ゆゆはほっとし、ゆっくり〈黄の花のワンピース〉に着替え、白いソックスをはいた。

「行ってきまーす」というななの声が聞こえた。もうしばらく待ったほうが、母と祖母をまけるだろう。

ベッドにじっとすわっていたゆゆは、なかなか止まない階下の話し声に、あきらめて、まっさらな〈夏休み帳〉を開いた。耳をそばだてながら、考えなくても書き込めるところを埋め、時間をつぶす。話し声が庭のほうから聞こえはじめたとき、ゆゆはようやく立ち上がり、階段をおり、戸棚から紙袋に入ったジャムパンを一つぬきだして手提げに入れた。それから、玄関のドアを、できるだけ静かに静かに開けて——なぜなら、ギュイ〜ッという、大きな独特の音を、このドアはどうしようもなく、たててしまうからだった——家を後にした。そして電停をめざし速足で歩いた。

やっとやってきた市電は席がみな埋まっていたから、ゆゆは中央の鉄棒につかまり、ぴんと立ったまま、窓ごしに流れていく商店の並びをじっと見ていた。

和菓子屋の桂月……とんぼ靴店……中野歯科医院……手芸店糸丸屋……過ぎていく看板の文字を機械的に口の中で読み上げる。どうしても〈きむじ〉と読んでしまう崩し文字の〈生そば〉……。信号で止まり、電停で止まる。親子連れが乗り込み、騒ぐ子どもを母親が叱《しか》り、「いいさいいさ、なあ」とそばの老人がなだめる。近くの座席があき、ようやくすわる。するとまもなく、「ピアノのお稽古？」と上の方から声をかけられ、あわてて「え？　あ、はい……」と顔をあげて答えながら、席はゆずらなくてもいいくらいのおばさんのはずと急いで考える……。

十一歳になったばかりのゆゆにとって、これは初めての冒険だった。一人でする一番の遠出といえば、ピアノに行くための三区間、七、八分電車に乗るだけだったし、何といっても、だれにも何も言わずに家を出てきたのだから。

だがめざす電停までの四十分はたちまちのうちに過ぎ、ゆゆは緊張しながら電車を降りると、グリーンベルトが美しい、広々とした朝の坂道を登っていった。

（れい子ちゃん、どうかいますように……。おみやげの栞、もってきてよかった。れい子ちゃん、きっと喜ぶと思う。すごくきれいにできたもの……）

坂道と交わるどの横道を左に曲がるかは、しっかり覚えていた。そう、この道。ほら、あそこに見える芝生のある家。あそこが安西れい子ちゃんの家だ。

芝生には、向かい合ってこぐ子ども用のブランコがおかれていた。楽しそうなすてきなおうち……。れい子ちゃんにぴったりだ。ゆゆはわくわくしながら、芝生を囲む白い柵に手をかけ、暗く翳《かげ》って見えるテラスの中に目をこらした。何時になっただろう。早すぎるということはないはず。でも、もうちょっと後にしようかな……。

ここまで来ていながら、奥まった玄関を見るや気持ちがひるみ、そこまで進んでいって呼び鈴を押すことができなかったのだ。ゆゆは今来た道を引き返し、さっきの電停に向かって歩いた。坂のずっと下で、海が水色に光っている。

だれもいないプラットホームに上がると、今下りてきたグリーンベルトの坂道を見上げた。腰の後ろに回した左手で右手の肘をつかみ、かかとで立って、右に左にからだをくるくるさせながら、勇気を出さなくちゃと心を励ました。

それから、もう一度その坂道を登っていった。

（今度は、ぜったいに呼び鈴を押そう）

ちゃんとした約束を取りつけないまま、いきなり出かけてきたのだから、留守だろうと都合が悪かろうと仕方がない。それは重々わかっていたのだけれど、そんな拍子抜けのする現実は、やっぱりこわかった。

ゆゆは、玄関に向かう前に、また芝生を囲む柵に手をかけた。さっきとちがい、テラスが開け放されている。

そのときいきなり、きゃあっと叫ぶ声がし、開け放してあったテラスの中の廊下を子どもたちが三人、力いっぱい、ダダダダッと駆けぬけていくのが見えた。その中にれい子ちゃんの姿は確かめられなかったが、子どもたちは、忍び足のかっこうでまた戻ってきたと思うと、ふたたびきゃあきゃあいいながら逃げるようにテラスの中ではしゃぎまわった。何をしているのか、しかとはわからないけれど、部屋の中にいるだれかが、あの子たちを驚かせて遊んでいるらしかった。

遠目にもよそいきとわかる服装の女の子たちは、どの子もハイソックスをはいていた。姉妹なのかもしれない。

そんなとき、一人が外にいるゆゆに気づいた。その子は、テラスの出入り口においてあった大人用のサンダルをつっかけて、ガボガボと歩きにくそうに芝生を突っ切って近づいてきた。あとの二人もまたゆゆの方を見ている。近くまで来た子は、きちんと分けた髪を耳にかけながら、お利口そうな目でゆゆを見あげた。三年生くらいだろうか。

ゆゆはごくんとつばを飲んでから口を開いた。

「あのう……。安西れい子ちゃん、いますか？」

「だあれ？」

「合同音楽祭でいっしょになった、駒鳥小の、杉村ゆゆっていうんですけど……」

その子は何も言わずに家の中にもどっていくと、はっきりした声で叫びながら、奥に入っていった。

「れい子ちゃーん！　合同音楽祭でいっしょになったあ、駒鳥小のねえ……」

それから、しばし、しいんとなったあとに、

「え？　いないっていえばいいの？　わかった……」

という声が漏れ聞こえた。テラスに立ったままの子たちがじっとこちらをうかがっている。

さっきの子がサンダルをつっかけて、ふたたびゆゆのところまで歩いてくるのを待つ必要など、ほんとうはなかったのに、石のように固まったからだを動かせないまま、ゆゆは柵につかまり、その子がためらいがちに口にする言葉を、最後まできちんと聞いていたのだった。

3

来た道を引き返して、このまま帰りの電車に乗る気にはなれなかった。

ゆゆはくちびるをかみながら、れい子ちゃんの家の前の小道を、そのまま進んでいった。そこをぬけると、舗装されていない坂道が、流れるように海までまっすぐつづいていた。その坂道をわたり、家々にはさまれた次の小道へと入りこんでいく。ふと顔を上げて、薄青色の空があまりにやさしく輝いているのに気づいたとき、それまで目の中で堰《せ》き止められていた涙があふれ、喉がわなわなっと苦しく痙攣《けいれん》した。

でも十一歳にもなって、泣きながら歩くわけにはいかない。ゆゆは、こんなことには使いたくなかった刺繍のハンカチで、思いきり目をこすると、行く手にあらわれた人けのない小さな公園に入り込んでベンチにすわった。大切なワンピースのお尻が汚れてしまわないだろうか……という思いが頭をかすめたけれど、立ち上がる元気は出なかった。あんなにもこの日を待っていたのに。安西れい子ちゃんのことを考えすぎて、しまいに顔を思い出せなくなって、でも目をとじるとチェシャ猫の笑みだけがぼんやり浮かぶから、それを追いかけながら過ごしてきたのに。れい子ちゃんと自分は、大の仲良しになれると信じていたのに。だからこの服を着てきたのに。れい子ちゃん、あんなにやさしい、いい子だったのに……。

申し訳程度の砂場とすべり台と鉄棒が並ぶだけの公園は、しんとしていた。鼻をかみ、ときどきハンカチで涙をぬぐいながら、だれもいなくてよかったとゆゆは思った。

だから、いつのまにか三歳くらいの女の子がゆゆのそばに来て、ふしぎそうに顔をのぞき、ほどなく「こっちにいらっしゃい、ほらほら、ブランコ乗ろう！　ほら、おねえちゃんのほうに行かないの！」と、若い母親がその子を呼んだとき、あまりのきまり悪さに、笑いかけることもできなかった。

その子は母親のほうに行きかけながらも、何度も振り向いては、ゆゆがベンチから立ち上がって去ろうとするのをずっと目で追っているのがわかった。

あんな小さな子を驚かせたことが恥ずかしく、ゆゆはいっそう情けなくなった。大きなお姉さんが泣いている姿に、きっと不安を覚えたにちがいない。

ゆゆは、庭木のあいだに建つ翳《かげ》った家々の前をやみくもに歩いた。道路脇の木立が、くっきりした短い影を地面におとす夏の道は、どこもきらきらと美しい。どの窓からだろう、ニュースを読む男のアナウンサーの端正な高めの声が流れ出し、セミの声と混じりあう。そんな音に溢《あふ》れていても、人気のない緑濃い夏の道の、しんとした印象はそのままだ……。

ふと、左手の家と家の間に、茂った雑草のあいだを這《は》うようにして下りていく、人ひとりやっと通れるほどの細い階段状の道がのびているのが見えた。モルタル壁や木塀《きべい》に挟まれたその段々を、ゆゆは、ととん、ととんと下っていった。ときおり草がくるぶしをかすめる。しだれかかる長い草を踏むと、乾ききっていない朝露に、サンダルがつるっと滑り、はっとする。そのたびに青臭い草の香りや、古い家の台所の匂いを感じる。陽のあたらない場所に漂う、黴《かび》臭く湿ったような、古い匂い……。いい匂いではないけれど、何度も嗅いだことのある夏らしい懐かしい匂いだ……。

下りきると、明るい平らな横道に出た。道の両側に立ち並ぶ家々の庭先には、柔らかなオレンジ色のノウゼンカズラや、薄紫色のテッセンが咲いているのが見える。フェンスを飾る紅色の小さなバラも、背の高いヒマワリが一列に並んで塀の向こうから顔をのぞかせているのも楽しかった。少しずつ、ゆゆの心に落ち着きが戻ってきた。

そのとき、

「こんにちは。いいお天気ねえ」

という鈴のような声がして、そちらを向くと、背の低い垣根の向こうに、藤色の夏服を着た、ぷくんとした小柄なおばあさんが、少し前かがみのかっこうで後ろ手を組みながら、笑みを浮かべて立っていた。

「お散歩？　あらら、だいじょうぶ？」

ゆゆの表情に何か感じ取ったのか、おばあさんが、途中から声のトーンを落としてたずねた。その包み込むようなやさしい調子に、ゆゆの心がほろほろとほどけ、あぶなく泣きそうになったが、ぐっとがまんして、首を振った。

「だいじょうぶです……こんにちは……」

おばあさんはにっこりすると、

「いいお洋服ねえ」

と首をかたむけて、ゆゆのワンピースをほめた。でもすぐに、「あらあら、ちょっと待って。ほらほら、ちょっといらっしゃい」と言うなり、垣根の途切れるところまでちょこちょこと進んできて、手招きした。

つられてそこまで行くと、おばあさんは、スカートの汚れをぱんぱんと手のひらではたいてくれた。

「ああ、とれたとれた。どこにすわったの？　こんなきれいなお洋服で」

「あ、さっき公園のベンチに……」

ゆゆはスカートの後ろを見ようとして首をひねらせた。まだ少し黒ずんでいたけれど、これくらいかまわない。

「ありがとうございました」

たったこれっぽっちでも、やさしくしてもらえたことが、無性に嬉しかった。

すると、

「……ねえ、よかったらちょっと部屋にあがって、ジュース飲んでいかない？」

と、おばあさんが誘ったのだった。

「……え、いいんですか？」

ゆゆは誘いを受けることにした。


庭をぬけ、ガタガタするガラス戸から中に入ると、日が差した狭い畳の部屋は、祖母の部屋と同じ年寄らしい匂いがした。

古びたこけしや市松人形や竹細工などが背の低い舟簞笥《ふなだんす》の上にこまごまと並び、鴨居には日めくりや大きなひょうたんが掛かっていたが、日焼けしたふすまには、風車のたつチューリップ畑や白鳥のいる湖水を写した天然色の風景写真、それに、外国の映画スターの茶色くなったブロマイドが何枚か貼りつけられていた。どれも、昔からそこに貼られていたらしく、はじがまくれていたり、ひびが入ったりしている。それでも、これまでにあがったことのあるお年寄りの部屋と何となく趣《おもむき》が違うのは、そうした〈洋モノ〉めいたものが紛れ込んでいるせいだろうか。畳の上に置かれた対の籐《とう》椅子なども物珍しかった。

ゆゆはすすめられるままに、擦り切れた繻《しゅ》子《す》のクッションがのった籐椅子の一つにすわった。

おばあさんは網戸のついた茶箪笥からオレンジジュースの瓶をとりだすと、コップについでガラスの丸テーブルにのせ、向かい側の椅子に、よっこらしょと腰かけた。コップは曇っていたけれど、ゆゆは気にしないことにした。

「おじょうちゃん、お名前は?」

「杉村ゆゆです」

「ゆゆちゃん? まあ、かわいらしいお名前」

もっと何か聞かれるかと身構えたけれど、おばあさんがガラス戸ごしに見える夏の庭にやさしいまなざしを向けていたので、ゆゆもまたそちらを眺めた。わずかばかりの庭は明るい夏の日差しを受けて、全体がきらきら輝いて見えた。

「見て。あのポプラと、それに白樺の梢《こずえ》、ちらちらしてて、ほんとにきれいね。空の青いことねえ。風のないときでも、ポプラと白樺の葉っぱだけは、空の近くで、いつでもちょっと揺れていて、ちらちらきらきらするのね……」

おばあさんは高いところに目を向けて、心から嬉しそうに言った。

「ほんとだ……」

青い空を背景に、高くそびえた二本の木の梢で、小さな葉が光を反射させながら、いくつもいくつもちらちらするのは、潑剌《はつらつ》としていて、本当にきれいだった。

ゆゆは、見ず知らずのおばあさんの部屋にあがりこんで、そんな光景を見やりながら、ジュースを飲んでいるふしぎを思った。さっきまでの悲しみと情けなさのあとに訪れた静かな慰めのようだった。

「そのお洋服、わたしも着たいな」

おばあさんが、ふたたび服に目をとめてくれたので、ゆゆはまた嬉しくなった。ひょっとすると、このおばあさんなら、わかってくれるのではないかしら？　この〈黄の花のワンピース〉を着ていると、ほんとうの自分になれて、そして、すてきなことが起こる気がするのだ、というようなことを――。

ゆゆは、目の前にすわっている小さなおばあさんの皺《しわ》に包まれた顔を見た。静かにきらめく湖のような瞳がやさしく笑っていた。祖母よりも、もっとおばあさんで、もっとおっとりした、とてもとてもいい人……。何でもわかってくれそうな、良い魔法使いのようなおばあさん……。

ゆゆは大きく息を吸うと、思い切って「あの……」と、言いかけた。ところが同時にカタカタッと音がし、見るとおばあさんがすわったまま茶箪笥に手を伸ばし、中からパンののったお皿を取り出していた。

4

「半分食べない？　あんパン、一つしかないの」

それを聞いたとたん、ゆゆは、バッグにジャムパンを入れてきたことを思いだした。

「あ、わたし、持ってるんです」

つぶれかけたパンを急いでとりだすと、おばあさんは身をのりだし、

「それジャムパンね？　じゃあ、どっちも半分こにしてふた味食べましょ？　豆助屋のあんパンも、おいしいのよ」

といたずらっぽく言った。ゆゆは、おばあさんのことがいっそう好きになり、ジャムパンを半分にしてお皿にのせた。

ゆゆは固くなっていたあんパンを手にし、二人はしばらく口をもぐもぐさせながら、目だけでおかしそうに笑い合った。

おばあさんが、あんパンをごくんっと飲み込んでから言った。

「今見たら、そのバッグもとっても可愛いのね。ピアノの楽譜が入ってるの？」

母が作った長方形の青い手提げには、小鳥とチューリップと音符が、フェルトでアップリケされ、楽しげに舞っていた。

「……あ、はい……」

ゆゆは、栞のことを思いだして取り出すと、「作ったんです」と言いながら見せた。

「んまあっ、たっしゃだこと……」

目を輝かせて栞を見た安西れい子ちゃんのことが思い出され、ゆゆの胸が、またきゅっと痛んだ。

その時、カチッと針の動く音がし、ボーンと一度、低い金属音が響いた。祖母の部屋にあるのとそっくりの、柱に掛けられた振り子の時計が、十二時半を告げたのだった。

それが合図ででもあったかのように、おばあさんが、ぷくんとした手を胸に当て、声をひそめて言った。

「ねえ？　わたしの大切な話、してもいいだろうか？」

ゆゆは、乾いてもそもそするあんパンをかみながら、あわててこくんとうなずいた。

「宝物みたいな話なの」

ゆゆは緊張しながら、またこくんとうなずいた。

おばあさんは、にっこりすると、一瞬、顔を曇らせてから、やわらかな声で話し始めた。

「シュージローさんは、真面目な働き者だったから、結婚したこと、ちっとも後悔なんかしてないの。とても感謝してるのよ。でもね、わたし、大好きな人がいたの。ジェラールっていってね、それはそれは素敵な人。フランス人よ。わたしね、勇気をだして、フランスまで行ったのよ……」

おばあさんの目がらんらんと輝きだしたと思うと、その目がゆゆの服の上でぴたっと止まり、

「あなたのそのお洋服と、そっくりの服を着て行ったの」

と言うと、またつづけた。

「何日もかけて、船でずうっと、マルセイユってとこまで行ってね、それからパリに行って……。大冒険だったわ……」

ゆゆは驚きのあまり、目をまん丸にした。部屋に紛れ込んでいた〈洋モノ〉の蕾《つぼみ》が、ぱあっと開花したような感じがした。

「やさしくて、品がいいの。憂いをふくんでるところも素敵だったけど、何といっても微《ほほ》笑《え》んだときの、あの柔らかさったらないの……。あの笑った顔、今もちゃんと思い出せる。ずっとずっと忘れないの……」

おばあさんがいきなり「シュージローさん」と言い出したときには戸惑ったけれど、話はすぐにつかめた。そしてゆゆは、チェシャ猫の笑みのことを思った。ああ、このおばあさんなら、ぜったいにわかってくれる。笑顔だけが宙に浮いていて、それを追いかける気持ちを……。

ゆゆは、おばあさんの次の言葉を待っていた。フランスまで会いに行って、どうなったのだろう。その人は、その後、どうなったのだろうと思いながら。ところが見ると、おばあさんは目を閉じて椅子の背にからだをあずけ、うとうとしているのだった。

その時、部屋の向こうで、

「おかあさん、遅くなりましたあ、入りますよお！」

という女の人の元気な声がしたと思うと、ふすまが開けられ、お盆を手にした中年のおばさんが顔をのぞかせた。そしてゆゆを見るなり、あらあらと声をもらした。驚いたというよりは、あきれたような声だった。

「こんにちは……」

ゆゆがおずおずと頭を下げると、おばあさんがちょうど目を開け、とろんとした目でおばさんを見るなり、

「ありがとう、おなかすいた！」

と言って、可愛らしく首をかしげた。

おばさんはお昼ごはんののったお盆をガラステーブルに置きながら、横目づかいをし、小声でゆゆに話しかけた。

「もしかして、おばあちゃんに引っ張り込まれた？　うちの前を通りかかる人をね、無理やり誘うのよ。子どもも大人もおかまいなし。ごめんなさいねえ」

「は……。でも、ぜんぜん……」

「聞かされたんじゃなあい？　若いころ、ジェラールに会いにフランスに行ったって」

「……はい」

おばさんがひそひそ声でつづけた。

「ジェラール・フィリップっていう、フランスの映画俳優のことなの。ほら、あの人」

ゆゆは、ふすまに貼られた古くさいブロマイドを見ながら、かすかに、あ、ああ……という声をもらした。柔和な顔立ちの俳優が、こちらに微笑みかけていた。

「……会いに行ったんですか？」

「まさか。つくりばなし」

おばさんは苦笑いをしながら、細かく首を振り、「でもそう思いこんでるの」と、ひそひそ声で付けたした。

おばあさんが、にこやかにゆゆを見ると、

「こんにちは。可愛いお洋服ね。あなた、お名前は？」

と、たずねたのだった。

ゆゆは、古いあんパンを食べさせたことを詫びるおばさんに見送られて、縁側から外に出た。ガラス戸の向こうで、おばあさんは、茶碗をしっかり持ち、一心にご飯を食べていた。

5

舗装された坂道に出たゆゆは、海を見下ろして深く息をついたあと、くるりと海に背を向け、わざと坂を上って行った。ジージージー鳴くセミの声を聞きながら、明るく照らされた道にわずかにくっきり落ちたアカシアの黒い影の下を選び選び進んでいく。どこに向かうというのでもなく。

おばあさんのことが悲しかった。あんなに仲良く微笑みあい、あんなにちゃんと話をしたのに。ぼんやり曇ったところなんか、ぜんぜんなかったのに。おばあさんは、もうわたしのことを覚えていないのかもしれない……。

これほどまでによく晴れた、輝くような夏休みの一日目に、〈黄の花のワンピース〉を着て歩いているというのに、ゆゆは、何度も溜め息をつかずにいられなかった。安西れい子ちゃんに託した望みも、降ってきた恵みのようなおばあさんとの出会いも、ちりぢりになって飛んでいく……。

顔を上げると、晴れた空に、古い教会のえび茶色の尖塔《せんとう》が突き立っているのが見えた。

せめてあそこまで行ってみようかな……。

尖塔を目印に黙々と足を運んだ。ずいぶん上の方まで登り、ようやくその手前まで来たとき、角地にある一軒の古めかしい、石造りの建物の前に置かれた看板がゆゆの目をひいた。

《東欧の村で
　あおいゆたか写真展
　　ご自由にお入りください》

こういう場所に、一人で入ったことなど、一度もなかった。自分にはまったく関係のない場所、知らない大人たちの場所だった。だが、写真家の名前がひらがなだったことが、子どもとの距離を縮めていた。石段の上のドアが大きく開かれたままになっているのも、そして暗がりの中に、子どもの姿が見えたことも、ゆゆを大胆にし、ためらっている背中を押した。

ゆゆは入り口につづく石段を三段のぼり、ひんやりした建物の中に入った。モノクロの写真に囲まれた小さな空間は、今まで歩いてきたところとは、まるきりちがう、別の世界のようだった。

中にいたのは親子づれらしい二人だけだった。二人はちらっとゆゆのほうを見たが、またそのまま壁の写真に向き直った。ゆゆより小さい男の子は、母親に身を寄せながら写真を指さして、押し殺したようなささやき声で一生懸命、何か話していた。ゆゆもまた、壁に掛けられたモノクロ写真をはじから眺め始めた。

黒い帽子に黒いスーツを着た男たちが数人、並んでこちらを見ていた。どの人も恥ずかしいのか、はにかんだような笑みを浮かべている。背景には白っぽい四角い家と輪郭のぼやけた木が何本かぼうっと写り、手前には野良犬らしい鼻面の黒い犬が一匹、くっきりと立っていた。次の写真も同じ場所らしかった。花模様の刺繍のあるエプロンをしめた、長いスカート姿の女たちが数人たむろし、やっぱり嬉しそうにはにかんだ笑みを浮かべてこちらを見ていた。次の一枚では、ご馳走ののった大きなテーブルをその人たちが囲んでいた。一人はバイオリンを弾きながら、カメラに向かってウインクしていた。何のお祝いなのかはわからないが、どの人もにこやかで素朴で、楽しげだった。さっきの野良犬のほか、もう一匹、別の小さな犬もいた。尻尾を振ったのだろう。小さい犬のお尻のあたりがぶれている。

写真を見ているうちに、ゆゆの胸に何ともいえない、懐かしい幸福な感じがこみあげてきた。遠い外国の村の知らない人々だというのに、どの人の心も満たされていて、生き生き生きているのがわかる。その人たちは、ぼうっと明るむ光の中でこちらを見ながら笑っている。むかしからのゆゆの知り合いでもあるかのように、ゆゆに笑いかけている……。その笑顔が、写真からぬけだし、ここの空気と溶けていくような感じがした。ゆゆの口もとも知らずにゆるむ……。

（わあ、この人、かわいい……）

スカートの裾をつまんで踊っている、まつ毛の長い大きな目の少女が、安西れい子ちゃんのようにも思えて、一瞬、またきゅっと心が痛んだけれど、村人たちの和《なご》やかな様子に、それもまぎれた。話し声や笑い声やその仕草まで、わかるようだったから。

その時、

「ああ、お待たせ！」

という大声がして振り向くと、つなぎのジーンズを着た、もしゃもしゃの黒い髪と目と眉がやけに目立つ元気いっぱいのおじさんが、明るい陽を背に、階段からせりあがってくるようにして、けたたましく中に入ってきた。おじさんは、両手に一つずつ、缶ジュースを持っていた。

「ほいジュンペイくん！」

そう言いながら、その人は男の子にジュースを手渡し、自分の分をパカンと開けた。

「三年生になったっていった？　そうか、きみ、おとなしいなあ！　しかし、はる子さん、ほんと久しぶりだよね！」

はる子さんとよばれた母親が答えるのが、ふたたび写真を見始めたゆゆの後ろでくっきり響く。

「ほんと。でも、あおい君、変わんない。ねえねえ、チェコスロバキアって、あのチャスラフスカの国でしょう？　国の名前は知ってるけど、わたしなんか、どこにあるのって感じ。よく行ったわねえ、重いカメラかついで……」

今入ってきたのが、この写真を撮った〈あおいゆたか〉さんなのだと思うと、ゆゆはちょっと緊張した。

「あっちの人たちって、みんなきれいねえ」

「うん、若い人はきれいだよお！　あ、特にこの子がさ……」

まもなく近づいてくる気配がし、〈あおいゆたか〉さんが、ゆゆのすぐそばまで来たとたん、おじさんらしい汗の匂いがつんとし、ゆゆの周辺の空気が、いきなりにぎやかに熱くなった。

「ありがとうね、きみ、見てくれて！　でさ、見てるとこ、ちょっとごめん、ごめんね！」

〈あおいゆたか〉さんは、気さくにゆゆに声をかけて写真の前を陣取ると、

「見てこの子、可愛いでしょう！」

と、一人の少女を指さした。れい子ちゃんのような少女だった。〈あおいゆたか〉さんは、大きな声でつづけた。

「そうそう、ところがほら、このジイさん、何と、この可愛い子のオヤジさんなんだけどね、だれかに似てると思わない、はる子さん」

「……え、だれ？　あっ、わかった。鉄仮面。数学の鉄仮面でしょ！」

〈はる子さん〉の声も次第に甲高くなる。

「そうなんだよぉ。このジイさんを見たとたん、鉄仮面にしぼられたの思い出しちゃってさあ。一度なんかおれ、授業中に窓からぬけだすとこ、現行犯でつかまって、コラアーッ、て……」

えっ？　授業中に窓からぬけだす？　ゆゆは思わず眉をひそめたくなった。うるさくて粗暴な、クラスの二、三の男子が、ゆゆはいやだった。一生懸命、問題を解いている途中で、「コラッ、そこ、何やってる！」という先生の怒号がとどろくと、心臓がドキッとし、そのたびに、ああまただ、と憂鬱《ゆううつ》になるのだ。

「アハハハ……。そんなことあったっけ？　そりゃだれだって怒るでしょ。でも鉄仮面て、

インケンだったよね」

「それそれ。あいつ、インケンなんだよなあ！」

二人の大人は、元気よくそんな話をしてしきりと笑い、笑い声は石壁に反響した。

そしてそれと引き換えに、さっきまでゆゆの心をぽうっと明るく照らしていた、懐かしく幸福な世界は、丸めた紙くずのようにぐしゃぐしゃと皺になっていった。あの〈感じ〉は霧のように消えてしまい、写真からぬけだしてきたように思えた笑顔の残像など、もうどこにも漂ってはいなかった……。

壁から離れたゆゆと、ジュンペイ君と呼ばれた男の子は、何となくお互いを見た。前髪をきちんと切りそろえたその子は、はしゃいでいる母親を横目でにらんでから、ばつが悪そうに顔を赤らめてうつむいた。でもそうしながら肩で大きく溜め息をついた様子は、むしろ悲しそうに見えた。村の素朴な楽しさは、その子からも、きっと遠のいてしまったのだろう。

開いたままの扉から、ゆゆが黙って外に出たことも、中の大人たちには気づかれないままだった。

6

肩で大きく息をしてから、ゆゆはもう教会をめざすのはやめて、坂道を下りだした。ずっと下に電車通りが見え、その向こうに水色の海が広がっていた。海を見ると心はいつもいくらか、清々する。

「だいじょうぶ。だいじょうぶだから……」

懸命につぶやいてみたけれど、その言葉は、心の芯にまでなかなか届かなかった。

その時、張りのある女の人の声が聞こえてきた。

「アン、ドゥー、トゥロワ！　アン、ドゥー、トゥロワ！」

道路沿いの家の開いた窓から、翳《かげ》った部屋の中が見えた。髪をひっつめにした白いレオタード姿の女の子たちが、そろって前を向き、バレエの練習をしていた。片足を真横に上げ、からだの前で両手で円を作りながら、くるりっくるりっと、ゆっくり回転している。妖精のように軽やかできれいで、ゆゆが世界にいようがいまいがいっさい関係のない、全身、夢中の女の子たち。その真剣な気迫が、窓の外にまで流れ出てくる……。

もっと覗いてみたい気持ちを振りきって、ゆゆはその横を通りすぎた。きびしく張り上げる先生の高い声と手を打つ音が背中の方でひびく。

「はいはい、ストーップ！」

そして何か指示する声がつづいた。

歩きつづけながら、ゆゆは、だんだん情けない気持ちに包まれていった。あのレッスン室の外にいる者は、文字通り外の人間にすぎないのだった。

ゆゆは、手提げを思い切り前後に振った。そのとたん、お財布が飛びだし、坂を滑っていった。あわてて追いかけ、赤い靴の形の皮財布を拾いあげなければならなかった。だれかに見られたわけでもないのに、そんな失敗も、ひどく恥ずかしかった。

クウン……という可愛らしい鳴き声に気づいたのは、その時だった。

どこから現れたのか、いつからいたのか、行く先に、小さな白いころころとした子犬が、ぽつんと一匹立っていたのだ。ゆゆが近づいていくと、子犬は待ちきれないように短いしっぽを懸命に振りながら、坂を駆けあがってきて、足もとにじゃれついた。ゆゆは手提げの持ち手を肩にかけてしゃがみ、あたたかいふわふわのかたまりを抱き上げた。

（可愛い……！）

柔らかな、愛らしい重さの子犬は、ゆゆの腕の中で、気持ちよさそうに、ふんふんと濡れた鼻を鳴らした。白いやわらかな毛とつぶらな瞳が、たちまちのうちにゆゆの心を癒《いや》した。だがいったい、どこの家の犬だろう。首輪はしていないけど、こんなに可愛いのだもの、だれかが飼っているに決まっている。

子犬を抱いたまま、ゆゆはあたりをうかがいつづけた。目に映るものといえば、電信柱と街路樹、道ばたの草々、坂道をはさんで並び立つ家々……。でも、その子を探しているような人はどこからも現れない。

「きっとそのうち、おうちの人が探しにくるよねぇ」

ゆゆは腕の中の子犬に話しかけながら、しばらくのあいだ、その場にたたずんでいた。坂を上ってきたおばさんがひとり、あらまあ可愛い、と声をかけながら、汗をふきふき通りすぎていった。

「どうしよう……。困っちゃったね。ごめんね。ばいばい！」

残念だったけれど、ゆゆは子犬を地面におろし、思いを断つように坂道を下った。けれど、こらえきれずにとうとう、そっと振り返ると、子犬はその丸い目で、ずっとゆゆを見つめていたのだろう、きゃんきゃんと嬉しそうに吠えながら、懸命に駆けてきたのだった。それから後は、ゆゆの足もとにちょこちょこまつわりついて離れようとしないのだった。

ゆゆは困り果てた。このまま行けば、車の流れも多い電車通りに出てしまう。電車通りに出て何より心配なのは、轢《ひ》かれやしないかということだ。

「シロちゃん、あんた、どこの子なの？　野良なの？」

ゆゆはふたたび子犬を抱きあげながらたずねた。さっきのあたたかさと重みが、また腕にもどってきたのが嬉しかった。

「いい子いい子！　ああ、いい子いい子！」

ゆゆはたまらずに頬ずりをした。ふんわりした綿菓子のよう……。

子犬がほしいという思いはずっとあった。でも、ころころした無垢《むく》な可愛らしさに心を奪われて野良犬を飼い始めたりしてはいけないというのが、ゆゆの祖父母が言いつづけてきたことだった。野良犬はたいがい、大きくなってみて、こんなはずじゃなかったと思うような犬になるものなのだからと。

それなら今度、ちゃんとした子犬をもらってきてねと、ゆゆは祖父母に頼んでいたが、うん、今度ね、と言うばかりで、どんな子犬も連れてきてはくれないのだった。

腕の中の子犬のつぶらでひたむきな黒い目を見ているうちに、この子がどうして〈こんなはずじゃなかった〉というような犬になるというのか、そんな失礼なこと言わせない、という思いがむくむくとふくらんできた。

（そうよ。うんとうんと可愛がって、ちゃんと育てたら、大きくなったって、可愛い、いい犬になるに決まってるじゃないの）

この子を家に連れていってしまおうか……という思いが不意にわき、ゆゆはドキドキしてきた。頼りきったまなざしで自分を見つめる子犬を、そして悲しみをいっしょに悲しんでくれるような子犬を、もう手放せないと思った。いったんそう思ってみると、その思いは一段と強くなる。そうだ、この子を連れていって飼えばいい。赤い首輪をつけて、綱をもって散歩する自分の姿が思い浮かぶ。この子は、名犬ラッシーみたいに賢くなるかもしれない。そうしたら、困ったときには助けてくれる……。大きな白い犬がいれば、いっしょに原っぱを駆けることだってできる。ゆゆの心はいっぺんに羽を得て、羽ばたき始めた。そうよ、〈黄の花のワンピース〉は、ちゃんと贈り物をしてくれたんだ！

子犬はくうんくうん……と切ない声をあげながらゆゆを見た。

（あ、おなかがすいてるのかも……）

だとしたら早く連れて帰って何かをあげなければならない。ゆゆはもう迷わなかった。でもどうやってここから連れていけばいいのだろう。犬を抱いて電車に乗ることなんてできるんだろうか。

ところが電車通りに出てみると、ほんのすぐ先に電停が見え、さらに、緑色の電車がやってくるのも見えた。ゆゆは子犬を抱きしめたまま、とっさに車道を渡り、通りの中央にあるプラットホームに上った。

ゴオーッという音とともに、まもなく電車は到着し、車両の中ほどのドアがあき、ホームで待っていた人びとが数人乗り込んだ。前の降り口からは、数人が降りてきた。

降り口のそばに立っていたゆゆは、恐れ知らずに運転手に声をかけた。

「あのう、この子、すごくおとなしくしてるし、ぜったい、ちゃんと抱いてますから、乗せてください。お願いです！」

いったいどこからこんな勇気が湧いて出たのか、ゆゆにもわからなかった。

温厚そうな年配の運転手は、運転台を離れ、身をのりだして子犬の顔をのぞきこむと、顔中、皺だらけにして笑いながら言った。

「ほお、こりゃ可愛いなあ。おお、いい子だいい子だ。うんうん、いいだろいいだろ。下に下ろさないで、ちゃんと抱っこしてればいい。じゃ、ほら、ここから乗って、その隅にいなさい」

「ありがとうございます！」

おしゃまな女の子のようなキンキン声になりながら、ゆゆは髪が子犬にかぶさるほど深く頭を下げると、ステップに一歩、足をかけた。その時だった。

「待ってえええええ――！　待ってえええええ――！　だめえええええええ――！」

恐ろしいほどの絶叫が聞こえ、ゆゆは片足をステップにのせたまま振り向いた。通りを歩く人々も、電車の中の乗客も、みな何ごとかとそちらに首を向けた。

顔をぴんとひきつらせ、胸をそらせて、中学生らしい制服姿の少女が泣きそうになりながら必死に駆けてくるのが見えた。明らかに電車に向かって叫んでいる。でも一台乗り遅れるのを恐れてあんなふうに叫ぶはずはなかった。案の定、

「その犬、かえしてえええええ――！」

と、少女がつづけて叫んだ。

ゆゆはステップから足を下ろした。

7

ゆゆは、もう何となく市電に乗る気がしなくなり、電車通り沿いの、アーケードのある歩道を黙々と歩きつづけた。

さっき初めて一人で入ったデパートの、しんとしたトイレの鏡に映った自分が、あまりにも冴えない、可愛くも何ともない、ただのしょんぼりした子どもに見えたことが、ゆゆをいっそうがっかりさせていた。〈黄の花のワンピース〉を着たほんとうの自分――むしろそれは、いいと思える自分のことでもあった――のはずの自分とは、ずいぶんの違いだったから。でも無理もなかったのだ。ひどく悪いことをしたようで胸が痛み、そして悲しかったのだから……。

歩道に面した洋品店のきらびやかなウインドウにさえ目を惹かれることなく、溜め息をついて歩きながら、白い子犬をうばいとって掻き抱いた中学生の少女のことを、ゆゆはまた思った。

――セーラー服を上下させハアハアと息をつきながら、ゆゆに向けて両腕をつきだした少女の荒々しい勢いと、涙と鼻水で顔をぐしゃぐしゃにしたそのひたむきさに、ゆゆは動揺し、むしろ心を打たれたのだった。

〈ごめんなさい、野良犬だと思ったの……。〉ゆゆが小学生だということは、見てわかったはずなのに、その子は年上らしい余裕などかなぐり捨てて、プラットホームの上で、〈ああ、ロン、ロン、よかった、連れていかれなくて〉と言いながら、しゃくりあげたのだ。ゆゆは、申し訳なさでいっぱいになりながら、手提げからチリ紙をだして、さしださずにいられなかった。少女はだまって受け取って鼻をふくと、やっといくらか落ち着きを取り戻し、最後に、少し気まずそうに、にこっとしてから、来た道をもどっていった。子犬に顔をすり寄せたまま。

歩きつづけるうちに、子犬を抱えていたときの感触と、自分を見上げていたときのそのつぶらな瞳が、どんどんよみがえってきた。ゆゆは息が苦しくなった。もうあのぬくぬくした柔らかいかたまりを腕に感じることはできないのだ。あのすがるような丸い目の奥をのぞきこんで微笑むこともできない。もうけっしてできない……という思いは、ゆゆをますます息苦しくさせた。贈り物だと思ったものは、まぼろしに過ぎなかったのだ……。悲しみが積もっていった。恥ずかしさやばつの悪さをまとった、言いようのない悲しみだった。ゆゆは、目じりににじんだ涙を指先でぬぐい、長くもない髪を、ぶるんと振った。

何台もの市電がゴーッと音立てて、歩道を歩いていくゆゆの横を通りすぎ、いくつもの電停をゆゆは通り過ぎた。繁華街をすぎた歩道にはアーケードもなく、歩道沿いの建物は、地味な小売店か事務所ばかりに変わっていた。行く先の空は、市電の架線に、縦横斜めにおおわれて、青く寂しげだった。

ゆゆは、電車通りをそれ、舗装もされていないバス通りを歩いていくことにした。

歩道らしい歩道のないバス通りに沿い、道の際ぎりぎりまで建った家々の玄関口は、どこもうっすら埃《ほこり》をかぶっていた。電信柱の根もとに生えた草も、葉先はみな、灰色をしていた。

車道とも歩道ともつかないそんな乾いた道を、ゆゆは、ただ黙々と歩いていった。時おり、埃をたてながら車がゆゆを追い越していく。

いつのまにか太陽は傾き、午後らしい日差しに変わっていた。帽子をかぶってこなかったことがつくづく悔やまれる。でも、あの雑誌の中の〈黄の花のワンピース〉を着た女の子が、ふわふわと短髪をなびかせていたから、この服を着たときに帽子をかぶることなど考えられなかったのだ。でも、風はそよとも吹かず、髪も、希望を託したワンピースも、へなりとしおたれて、汗ばむからだにまつわりついていた。

額の汗をぬぐおうと取りだしたハンカチは、さっき洗った手を拭《ふ》いたためにぬれていて、埃まみれの汗に、たちまち茶色くなった。美しかった刺繍のカナリアは今では雀のようだ。

バス停が見えた。色褪せたベンチにすわっている人はいなかった。その背後に、かしいだような家が一軒たち、古びた幟《のぼり》が突き立ててあった。お菓子屋だろうか、パン屋だろうか。ゆゆは急に空腹をおぼえた。喉も渇いていた。

みすぼらしい小さな店屋に入るのが、何となくためらわれたけれど、ゆゆは思いきってガラガラと、格子のガラス戸をあけた。暗い店内は雑然としていて、ガラスケースの中に、どら焼きと大福とパンとがいっしょくたに並んでいた。

何度か声をかけ、ようやく出てきた小さなおばあさんが、震える手で、注文どおり、渦巻き状のチョコレートパン一つと、三角牛乳を袋に入れてくれた。

街路樹の影がかろうじて差しかかるベンチにすわるなり、ゆゆは貪《むさぼ》るように買ったものを口に運んだ。

ストローから流れ込んでくるコーヒー牛乳も、ぱくついたチョコレートパンも、これまでに飲んだり食べたりしたどの飲み物、どの食べ物よりも、喉にしみ、美味しい味がした。学校で禁じられている〈買い食い〉をしたのは、初めてだった。つい、右を見、左を見る……。だれにも見られてはいなかった。実際、視界の中には、今、ほんとうに、だれひとりいなかった。車の列さえ途切れ、一台も見えなかった。あたりは、しんと静かだ。

気づくと足がずきずきしていた。

（あ……）

サンダルを脱いでみると、ソックスは、サンダルの革紐の形だけ白く残して、すっかり黒ずんでいたが、親指の付け根のあたりに、じんわり血が滲《にじ》んでいた。水ぶくれがつぶれたのだろう。

不意に、性も根も尽き果てたような気がした。

黄色い市バスが到着したとき、ゆゆはそこから逃げるように、開いたドアから乗り込んだ。この先へ向かうバスならば、いずれにしろ、家から遠ざかりはしないだろう……。

初めて乗った路線の景色は目新しかったけれど、やがて慣れてしまった。電信柱や木々や家々ばかりがつづく眺めは、どこも似たり寄ったりで、変わり映えのしないものばかり……。バスに揺られながら、ただぼんやりしていると、過ぎ去っていく車窓の光景の代わりに、今日のいくつもの光景が、次々と去来した。すると、がらんどうだったからだの中が、徐々に重苦しくなり、どんよりした悲しい色に染まっていった。忘れていた足の痛みまで、ずきずき疼《うず》く。

思わず伏せた目に、気づかなかったワンピースの汚れがはっきりと見えた。あんなにきれいだったのに……。それでも、この服を好きだと思う気持ちは、少しも変わらない。

（だけど、すてきなこと、なんにも起こらなかったな……）

溜め息をつきながら窓の外を見ると、木々の梢や道ばたに生えた丈の高い雑草が、風にそよいでいるのがわかった。日が傾くにつれ、海のほうから風が起こってきたのだろう。ゆるやかな風が、さまざまな緑を揺らしていた。

（今なら、髪も服も気持ちよくふくらむかなあ……）

ほんの少しだけ、心がふわっとはずんだとき、見覚えのある光景が目にとびこんできて、ゆゆはハッと背を伸ばした。

今横切った道は、たしかにピアノの先生の家の前の通りだった。こんなところを走っていたなんて。ゆゆは、あわてて降車ボタンを押した。

バスを降りた後、来た道を引き返し、角を曲がった。ピアノの先生の家の前まで行けば、あとはもう、さんざん見慣れ、さんざん歩きなれた道をたどって電車に乗り、家に帰るだけだ。

いつもと反対の方から歩いていく通りに並ぶ家々は、みな目新しく、まるで見知らぬ道のようだったが、ピアノの音が聞こえ、見なれた生け垣に辿りついてみると、やはりそこはよく知っている場所、今日一日で、初めてめぐり会えた馴染み深い場所だった。心が安らぎ、ひとりでに肩から力がぬけていく。植え込みの奥にある、落ち着いた昔ながらの家……。その翳《かげ》った玄関脇の小部屋で弾くピアノの音は、いつも外にまで聞こえるのだ。窓を開け放しているときには、とりわけくっきりと。

（これ、わたしがやってるのだ……）

開いた窓から聞こえてきたのは、偶然にも、ただ形をしゃんとさせるためだけに手提げにしのばせてきた薄い楽譜、ディアベリのソナチネだった。明るいヘ長調、四拍子の曲。歌うように、ふつうの速さで……だ。

ゆゆは、生け垣のそばに佇《たたず》み、じっと耳をこらした。曜日の違う生徒に会うことはめったにない。だからだれが弾いているのかわからなかったが、とても滑らかで上手だった。こうして耳を傾けてみると、なんとやさしい曲だったのだろうと思えてくる。好きでも嫌いでもなく、ただ漫然と練習していたし、始める前に先生が「こんな曲よ」とお手本を弾いてくれたときも、ただぼんやりと、ああ今度はこれか……と思っただけだったのに。

整えられた生け垣のドウダンの濃緑《こみどり》の葉むらや、色ガラスが幾何学模様に嵌《は》められた玄関脇の古風な窓が、しみじみ親しく、あたたかく目に映る。

〈……さあ落ち着いて。軽く歌うように、ふつうにしていなさい。ね？　そうしていれば、

傷つくこともないのよ……〉

調べにのせて、そんなささやきが聞こえるようだ。軽やかで穏やかな曲は、ゆゆの心に沁《し》みとおった。

（もう何も起こらなくたっていい。何も起こらなくたって、別につまらないわけじゃないもの。いいの、もう……）

その場をはなれたゆゆは、電停まで歩き、見なれた景色の中で、なかなか来ない電車を、風に吹かれながら辛抱強く待った。それからようやく来た電車に三駅分だけ揺られ、お稽古のときとそっくり同じように、ぶらぶらと家までの道を歩いた。きっと、お稽古から帰るのとそう変わらない時間なのだろう。道路脇の消火栓の影が、この前見たのと同じように道に伸びていた。

8

「ゆゆちゃん、どこに行ってたの！　心配してたのよ！」

目を見開くようにして玄関まで飛び出してきた母親が声をとがらせ――それでもいくらか押し殺したような調子で――ゆゆをとがめた。どんなにそっと開けようとしても、音をたてずにいない古い大きな玄関ドアから、気づかれずに入ることはやはりできなかった。

ゆゆが返事をする前に、

「今、なな、勉強中だから」

と、母が小声でつづけた。

そうだった。上野さんとこの敦子さんが来るのだった。けれど、玄関にそろえられた見かけない茶色の靴は男物だった。

「……あれ？　敦子さんじゃないの？」

「うん、急に都合が悪くなって、今日だけ、ピンチヒッターで敦子さんのお友だちが来ることになったの」

先にたって中に入っていった母は、くるっとゆゆを振り向いて、

「その服着てったのね……」

と、いっそういぶかるような調子で言った。

帰る道々、時間はいくらでもあったのに、外出の言い訳について何ひとつ考えてこなかったのは、思えば不覚だった。でもじっさい、まったく頭をよぎらなかったのだ。それでも、茶の間で面と向き合わされ、険のある声でふたたび問い詰められたとき、案外、さらっと返事ができたのは、このあたりのことを言うのがいちばん安全……という、直感が働いたからにちがいない。

「……図書館に行って、それから、武田さんのうちで、ピアノ弾いて遊んでた。行くって約束してたから」

「一人で行ったの?」

「……増崎さんも」

「三人で図書館に行って、それから武田さんのうちに行ったの?」

「うん……」

武田さんと増崎さんは、勉強ができてピアノも弾ける。お稽古バッグを持っていたおか

げで信憑性《しんぴょうせい》もあった。

「お昼、どうしたの？」

「ジャムパン持ってった……」

「それだけ？」

「武田さんが、ホットケーキ焼いてくれた……」

不思議なほど、言葉が湧いて出る。仕事をしている武田さんの母親と、ゆゆの母とがおしゃべりする機会は、これまでどおり、これからもないだろう。大丈夫。

母は肩で大きく息をしながら、奥の部屋に気がねした声で言った。

「でもどうしてだまって出て行ったの。心配するでしょ、ちゃんと行き先を言ってから出かけなきゃだめじゃないの！」

「……ごめんなさい……」

それでも母親の心配と怒りがしずまったらしいのがわかった。それに、ななの勉強がすんだらお茶を出そうとして、時計を気にしているのにも助けられた。

母から解放されたゆゆは、親指の付け根に絆創膏《ばんそうこう》をはると、いつものように読み止《さ》しの本を持って縁側に行き、足を外に投げ出した。ふだんどおりにしていたかったのだ。部屋に駆けこんだりしたなら、わっとベッドにうつぶして、泣きだしてしまうに決まっていたから。

母屋と離れに鉤《かぎ》の手に囲まれた中庭は、祖父の手でいつもきれいに手入れされていた。木々が立ち、ところどころに盛り土された築山《つきやま》にはは丸く刈り込まれたイチイやツツジが形よく植えられていた。しんと静かで、気候のよい春夏の夕暮れに、縁側にすわってぼんやりしたり本を読んだりするのがゆゆは好きだった。

本は不思議だ。どんなことがあろうと、開くと、そこにあった世界は、別れたときのままの形で待っていてくれて、すぐに出迎えてくれる。

ゆゆは、すうっと入り込んだ物語にしばらくひたったあと、栞をはさんで本をおき、両手を後ろについた。昨日もこうやってこの本を読み、ふと休んだおりに、翌日決行するつもりの企みに胸をときめかせていたのだった。企みは、昨日まではいわばまぼろしだった。けれど今、こうして静かな庭を前に昨日と同じように足をぶらつかせていると、すでに起こった事実でさえ、ふたたびまぼろしのように感じられてくる……。

(わたし、ほんとうにあんな遠くまで一人で行って、あんなにたくさん、いろんなことしてきたんだろうか……。ああ、でもわたし、そういえば、まだこの服を着てるんだった……)

どうせ洗濯しなければいけないのだから、着替えるまでもなかった。

(素敵なこと、起こらなかったなあ……)

ゆゆは投げ出した足をぶらぶらさせた。

その時、話し声がしたので顔を振り向けると、奥の部屋から出てきたななにつづいて、見知らぬ青年が現れた。ほっそりした、学生らしい人だった。家の中に、こういう人がいるのは見慣れない眺めだった。ななはゆゆに気づくなり、

「あっ、ゆゆちゃん、帰ってたの？　あんたが消えたって、みんなで心配してたんだから！」

と言って、青年を振り向き、

「あ、妹です」

と一応、説明した。青年が、

「こんにちは。上野さんの代わりです……」

などと言いながら、にっこり笑って軽く頭を下げたので、ゆゆも同じようにした。まだ足を外にぶらぶらさせていたが、上がって、お行儀よくあいさつするのも何だか大げさな気がした。

「あれ？　もしかしてその本……」

青年は、廊下にあった本に目を留めると、顔を輝かせ、笑みを浮かべながらやってきて、しゃがんで本を手にした。

「これぼくが読んだのと同じ本だ。大好きだったんだよなあ、これ……」

つられてななもやってきた。

『十五少年漂流記』？　わたし、読んでない……。ああ学校から借りてきたのか。道理でうちで見かけない本だと思った。ふうん……。あ、はーい！」

ななは、母に呼ばれて、ぱっと台所に駆けていった。

青年は栞をはさんだページを自然に開いた。

「かわいい栞だねえ。なんかこの子……。ゆゆちゃんっていった？　きみみたいだね」

青年はゆゆと見比べて微笑んだ。

それは、もう用の済んだ合唱の楽譜から抜いて、本に挟んでいた栞だった。

驚きと嬉しさに、ゆゆはうなずき返すのがやっとだった。れい子ちゃんも、今日のおばあさんも、栞をほめてくれたけれど、貼り絵の女の子とゆゆとのつながりには、少しも気づいてくれなかった。青年はつづけて言った。

「四年のときかなあ、ぼくもこの本、図書館から借りたんだ。ああ覚えてる……。この、みんなでイカダを作るとこなんか、ほんと感心したなあ。あ、まだ途中だったら、あんまり言っちゃいけなかったね。でもここはもう読んだとこだからだいじょうぶだね」

懐かしそうにページを繰りながら、静かな声で話すその調子が、とても自然だったから、ゆゆはつい、下ろした足を廊下にあげて座り直し、つられて話した。

「イカダを作るとき、川の中で作るでしょう？　あとから運ぶ手間がはぶけるからって。バクスターって、いろんなこと考えつくからすごいと思った……。そりゃあブリアンがいちばんいい人だけど……」

はにかんではいたけれど、ゆゆは、読みながら感じていたことをはじめて口にした。

「そうそう、ブリアンがいいやつなんだよね、勇敢だし。でも、バクスターは、ほんとにすごかったね」

青年は、まったく同感というようにうなずいた。

「……でも、わたし、ドニファンが……」

いやなの、と言いかけてやめたのは、何となく甘えているように聞こえそうな気がしたからだ。

「ドニファンねえ……」

青年は本に目を落としたままページをめくりつづけた。

「負けず嫌いでわがままなやつだったねえ……。ドニファンが出てくると、また何かやるのかなあって、読んでて気が重かったよ」

（あ、わたしもそう……）

でもそう声に出す前に、

「だけど最後には……あ、言わないほうがいいね」

と青年は言い、ゆゆを見て笑ったのだった。

笑っていなければ、冷たく見えかねない、切れ長の鋭そうな目だったけれど、まっすぐゆゆに向かって瞳の奥から投げかけられた笑みは、やさしいというだけではない、深い親しみに満ちていた。たぶん、ゆゆが青年に向けた目も。だって会うなりたちまち、こんなふうに、本の中の人たちについて話をしたのだから。こんなことがあるなんて……。

「ゆゆちゃん、消えてたんだって？　冒険でもしてたの？」

きちんと栞をはさんで本を閉じると、青年はゆゆの目をのぞいた。

その目を見返したとたん、ゆゆの心にわだかまっていた、長い長い今日一日の出来事が、ごろりとした塊《かたまり》になって、一気に喉にせりあがってきた。同時に目の奥から涙が滲《にじ》みそうになる。――少しでも気を緩めたら、そのまま塊が果てしない嗚咽《おえつ》に変わり、堰《せ》き止めた涙がどっと溢《あふ》れだすだろう。それと引き換えにこの喉の苦しさから解放されるだろう。

でも、この人の前で、そんなふうになるのはいやだ。手を焼く、困った女の子になるのはぜったいにいやだ――。ゆゆは全力で嗚咽と涙を押しもどした。

　青年は、そんなゆゆをじっと見守っていたあとで、

「ちゃんともどってこられてよかったね」

と、あたたかい声で言った。そして、ちょっと間をおいてから、考えながらつぶやくひとり言のような調子で、ゆっくりと言葉をつづけた。

「……スラウギ号がさ、漂流なんかしないで予定どおりの航海をしてたら、すごく楽しい夏休みになっただろうね。でもそのかわり、この冒険もこの本もなかったわけだ……。思ったとおりにいかなくて、がっかりしたり、悲しくなったりすることがあったとしても、そういう日には、楽しいことだらけだった日にはない良さがね、案外、あるのかもしれないんだ……」

　ゆゆは目をみはった。思ったとおりにいかなかった日には、楽しいことだらけだった日にはない良さがあるかもしれないだなんて……。ほんとう？　たしかにこの少年たちは、漂流しなかったら、こんな冒険はしなかったのだし、本もなかっただろうけれど……。

　考え事をしていたような青年の顔が、不意に、ぱっとほどけた。

「そうだ。ちょっとだけ教えちゃおうかな。あのね、みんなちゃんと仲良しになるんだよ。ドニファンも」

「え？」

青年は、ゆっくり、こくんとうなずいた。その様子が、まるでゆゆを元気づけようとしているように見えたので、ゆゆは一瞬、戸惑い、それからハッとして曖昧《あいまい》に首をふった。友だちと仲たがいでもして、暗い気持ちで帰ってきたのだと思われたのだ、きっとそうだ。

（ううん、ちがうの、そんなんじゃないの。だから、仲良しになんかならないの……）

そう思いながらも、重たかったゆゆの心は、ふしぎなほど軽くなっていた。

ゆゆは、青年を見上げてうなずきながら、何とかにっこりして見せると、青年はもう一度うなずいて、同じようににっこりした。

その笑みは、青年が口にしたすべての言葉とともに、流れ星のようにスーッとまっすぐ、すごい速さで落ちてきて、ゆゆの心の奥深くに届いた。

〈タツヒコさん〉と母が呼んだその青年は、そのあと、なながガラスの器にきれいに盛り付けた水羊羹《ようかん》をぱくりと食べ、冷茶を一息で飲むと、ななの勉強について、よくわかっているとほめ、上野さんは自分よりきっといい先生だと思うと話し、爽やかに挨拶して帰っていった。母とななの後ろについて、ゆゆも玄関で見送ったとき、〈タツヒコさん〉は、ゆゆにも、にっこり微笑んだ。

〈モリヤマタツヒコさん〉という名のその青年は、敦子さんより一学年上の大学四年生だということを、ゆゆは後でなかなか聞いた。

部屋に上がり、鏡の前に立つと、そこには驚いたように目をみはっている自分がいた。潤んでいるせいで、その目はきらきらして見えた。ゆゆは、やっと、ほーっと大きく息をついてから、鏡の中の自分にひそひそ声で語りかけた。薄い戸板をはさんだ隣には、ななががいるのだから。

「素敵なこと、やっぱりちゃんと起こったんだ……。〈黄の花のワンピース〉、ほんとだったんだ……」

夕暮れの縁側で二人だけで交わした、〈タツヒコさん〉とのやりとりは、おそらく五分にも満たなかったはずなのに、それは、今日一日の悲しみや寂しさや辛さや恥ずかしさや情けなさを、魔法の杖の一振りのようにきれいに消し去るほどのあたたかさと力を秘めていたのだ。〈タツヒコさん〉は、ああ言ってくれたけれど、もしもいつか、今日のことを、案外良かったなどと思えるとしたら、それは、一番最後に本当にいいことが訪れるとわかっているからだと、ゆゆは思った。それ以外、今日の日に、いったいどんな良さがあるというのか。ゆゆにはわからなかった。

〈タツヒコさん〉の姿を、ゆっくりと思い返したゆゆは、あっ、と思った。あの微笑んだ顔が、チェシャ猫の笑みのように、ふんわり浮かんで見えたから。やさしく貫く、すぐそこに……。するとそれは、合同音楽祭の日、れい子ちゃんがアハっと笑い、そのままさっと横を向いたときに残った笑みを思わせ、一瞬、胸が痛んだ。けれど、その痛みは、何かふんわりしたものにくるまれていった。

ゆゆは、ふと思った。

（もしかしたら、ほんとうにいつか、れい子ちゃんと仲良しになれるのかもしれない……）

でもすぐに首を振った。もう、そんなことを思うのはよそうと。いいのいいの、もういいの。だいじょうぶ。だって、深いところでつながっている〈タツヒコさん〉がいるのだから……。交わした言葉は少しでも、二時間びっしり勉強を習ったなでさえ、到底およばない、心の深いところで。いや、そもそもなには何の関係もないのだ。

〈黄の花のワンピース〉を着たほんとうの自分が、ふんわりとした、この上なく大切なチェシャ猫の笑みに出会い、ぎゅうっとつかまえ、そして心にしまったということが、これ以上ないほどに、だいじなことなのだった。

今朝、目覚めたとき、抑えがたいほどに突き上げてきた、あの、胸の中の熱いかたまりにちょうど見合ったものを、夕方になって、ゆゆはちゃんと得たのだった。
長かった、夏休みの最初の日の夜、ゆゆは、すっかり満ち足りて眠った。

Ⅱ部

由々・この夏の日々

1

窓枠に頬杖をつき、すっかり目を覚ました明るい朝の町や、活発に動きだした港やその向こうに広がる青い海を、見るともなく眺めやりながら、由々は今の自分が、十一歳だったあの夏の日の自分になってしまったような感覚に包まれていた。

これまでにも、あの日のことが頭を過《よぎ》ることがないわけではなかった。子どものときあんなことがあったな……と、〈古い感情〉とともにふと思い出す、もろもろの事柄のひとつのように。けれど今朝、あの一日は、その他の無数の光景の中からくっきり選り分けられ、〈今〉のことのように由々の心と身体のすみずみを満たしたのだ。

（あの日は、ほんとに特別だった。安西れい子ちゃんのことを、あんなに思いつめながら家を出て……。そしてよくもまあ、あれだけの距離を、とぼとぼ歩いたこと。いろんなことが次つぎ起こって……。そして最後にタツヒコさんが現われたのよね……。そう、モリヤマタツヒコさん……）

大学生はどんなに大人に見えただろう。そういう人が、子どもの自分をまっすぐに見て、きちんと話をしてくれたのだ。栞の女の子のことだって言い当ててくれた。そして、楽しいばかりの日にはない良さが、そうじゃない日にはあるのかもしれないということを、話してくれた。それがどういうことなのか、〈ゆゆ〉にはよくわからなかった。それでも、あの時間は静かな深い喜びに満ちていた。いちばん自分らしい自分が受けとめられたことの喜びでもあったのだろうと、由々は思う。

でもあの後、〈タツヒコさん〉を見ることはなかった。敦子さんは、奈々が高校に上がってからもしばらくのあいだ、教えに来ていたはずだが、都合が悪くなったといって、代わりに〈タツヒコさん〉が来るようなことは、一度もなかったのだ。

〈タツヒコさん〉に関する記憶は、いわば、映画のフィルムがとつぜんプツンと切れ、その後はもう、真っ白いスクリーンに向けられた映写機のリールが、シャーシャーカラカラと回りつづけるだけのような、漠としたものだった。それだけに、プツンと切れる直前の映像が、くっきり浮かび上がる。

（玄関のドアをギュィ～ッて開けて、にっこり笑って帰っていった。でもいちばん好きだったのは、あの夕暮れの縁側……あのときの笑った顔だった……）

宙に残ったその笑みは、長いこと〈ゆゆ〉の心の支えだった。

けれど、それは少しずつかすれて曖昧になり、チェシャ猫の笑みが、徐々に薄れ、跡形もなく消えていくように、いつしか消えていった。

でも今、それからあとにつづく膨大な日々も年月も色褪《あ》せてどこかへと飛び去り、あの夏休みの一日目は、まるで昨日あったことのように、身近だった。今、由々は、消えていた笑みを、ふたたび宙に見ることさえできた。

由々は、じっと佇《たたず》んでいた窓を離れてまたピアノの前にすわった。

籤《くじ》にでもあたったように一冊の古い楽譜が引き抜かれ、眠っていた長い歳月の彼方から不意に奏でられた曲……。譜面台の上のページのとれかかった楽譜には、先生の書き込みが、あちこちにそのまま残っていた。

横文字で記された表現指示が勢いのある鉛筆で丸く囲まれ、線をひいた先に〈歌うようにふつうの速さで〉と大人の続け字で書いてあった。今では当然、その続け字も、囲まれた横文字も読める。

「歌うようにふつうの速さで。モデラート・カンタービレか……」

そう口にしたとたん、学生時代に読んだ一篇の小説が浮かび上がった。『モデラート・カンタービレ』。マルグリット・デュラスの作品だ。

その冒頭で、母親に付き添われた小さな少年は、ピアノ教師に強いられながら、いやいや練習曲のようなものを弾くのだ。その曲の表現指示が〈モデラート・カンタービレ〉だったはず。だって、たしかこんなようなやりとりがあったもの……。

――「モデラート・カンタービレって、どういう意味かいってごらん」「知らない」「百遍もいったはずよ。歌うようにふつうの速さで」――。

レッスン室の窓を通し、夕暮れ近い海の音が入り込む。そんなときに悲鳴が響きわたるのだ。妙にまのびしたような女の悲鳴が。その悲鳴が事の始まり。それは、近くのカフェで、恋人に殺されていく女があげた声だったことが、だんだんとわかってくる……。

若い母親は、贅沢で単調な暮らしに幽閉されて、窒息しそうなほど不自由に生きていながら、たぶんはっきりとは、その不自由さに気づいていなかったのだ。その奇妙な事件が心を揺らすまでは――。

「なつかしい。そう。何だかすごく気怠《けだる》くて、不安な感じがして……。でもすごくきれいな作品だった……。あの子が弾いてた曲、何だったんだろう」

そうつぶやきながら、あの日、生け垣の脇で耳を傾けて聴いたこのメロディーをもう一度聴こうと、由々はゆっくり鍵盤に手をおろした。

だが、ピアノを弾く手が、まぶたと共にだんだん重くなり、椅子の背に身体を預けたとたん、そのまま気持ちよく、深い眠りに落ちた――。

どれくらいそうしていたのかわからない。携帯の音で、由々はぴくっとからだを起こした。奈々の名前が表示されていた。珍しい。

「もしもし、奈々？」

『あ、由々？　あらその声、もしかして寝てた？　朝早くごめんね！』

ううん平気、久しぶり……と由々は言い、たちまち現実に立ち戻る。親たちに何かあったのだろうかという不安も過《よぎ》る。でも奈々の声は、いつものように明るくきびきびしていたし、ごめんねと言うわりに、悪びれたところはひとつもなかった。

『家にかけたら、寛夫《ひろお》さん、由々は昨日からずっと仕事場だっていうから。仕事場なんて借りたのね』

由々は一瞬ためらってから、つとめてさりげなく言った。

「うん。知り合いが、外国に行く間借りてくれたら助かるっていうもんだから」

『へえ。ねえ、実は今わたし、空港にいるの。日帰りの仕事で来たんだけど、まだ時間があるから、そこに行ってみてもいい？』

とたんに嬉しくなり、由々は声をはずませた。

「来て来て。狭いとこだけど、コーヒーくらいは出せる。もう朝は食べちゃった？　わたし、これからなの。途中で何か買ってきてもらえたらうれしいな」

『あらそう、わたしもこれからよ』

そして、じゃあサンドイッチでも買っていくね、という奈々に、仕事場の場所を教えて電話を切ると、由々は、あわててそのあたりをかたづけ、顔を洗った。奈々の声を聞いただけで、妹としての由々に変わってしまうのは昔と同じだ。


一年ぶりに会う奈々は、ところどころ銀色がまじるソバージュの長い髪を一つに縛り、面白く裁断されたカットソーをゆらりと着こなしていた。デザイン会社に勤めているだけあって、いつ見てもセンスのいい服装をしていたが、少しずつ丸みを増していった体型のせいだろう、六十一歳という年齢相応に見えた。それでも相変わらず、テキパキと仕事をこなしている雰囲気が全身に漂っている。

「あら、アンティークで素敵な部屋じゃない。ピアノまで置いてるの？　これは居心地よさそうね」

一面の壁だけが煉瓦《れんが》で、山小屋のランプのような照明がついた狭い部屋をぐるりと眺め、

「だけど、自分の家もちゃんとあるのに……っていうか、翻訳するのにも、仕事場って、やっぱり、いるもんなの？」

と奈々はつづけた。バリバリと仕事しているわけでもないのに、ずいぶんごたいそうじゃない？　というニュアンスが含まれているのがわかる。

「うん。なくたって、もちろん平気なんだけど……」

由々はつい肩をすくめ、家賃が安いことや、退職した寛夫が家にいて落ち着かなくてといったことを、もごもご口にした。

「あら、寛夫さん、あんまり嵩張《かさば》るような人にも見えないけど」

「まあ、そうなんだけど……。でも、あの人だって、きっと一人で気楽よ。それにピアノはね、家具もだけど、その知り合いが置いてったものなの。ここ、防音してあるから、好きなときに弾けるの。さわる程度のことだけど。ね、ちょっといいでしょ？」

「ふうん、そうなんだ……」

そして奈々は、由々をきゅっと横目で睨《にら》むと、

「こんなとこに籠《こも》っちゃって、ますますヘンクツになっていくんじゃない？」

とからかうように言い足して笑った。え、そんなことないわよと言いかけた由々を軽く押しやって、奈々は窓辺に寄ると身を乗り出した。

「わあ、いい眺め！　海、気持ちいいなあ！」

由々も寄り添い、二人はややきつい思いをしながら、窓敷居にともに腕をのせて並んで

立った。

　ずっと下の方の道を歩いていた人の黒い頭がもちあがり、たまたまこちらを見上げたと思うと、しばらく顔を仰向けたまま歩き続けるのが遠目にもわかった。

「きっと面白く見えんのよ、わたしたち」

　いたずらっぽく早口でささやいて、奈々はクスッと笑った。古いビルの五階の窓から似たような中年女性が二人くっついて、ぎゅうっと並んでいる光景は、たしかに、ちょっと面白く見えたにちがいない。

　奈々はふたたび視線を遠くに向けた。

「やっぱり、この町、懐かしいなあ……」

　生まれ育ったあの家は、もう何年も前に取り壊され、手入れのされた美しい庭も更地にされて人手に渡り、今ではあの敷地に数軒の家が建っているはずだった。それを見るのはやっぱり胸の痛むことだったから、由々はそのあたりに近づかない。

　父親の転勤で、由々の一家が祖父母を残し、東京に引っ越したのは、中学二年のときだった。東京の大学で、『あしながおじさん』のジュディみたいな寮生活を送ろうとはりきっていた受験生の奈々だけが、消えた夢を惜しみはしたが、結局は家族みな、ごくすんなりと都会の暮らしになじんでいった。その後何年もたってから、由々だけが、ふたたびこの地に戻ってきたのだ。

「そうそう、ねえ、今ここに来る途中で、だれに会ったと思う？」

奈々がいきなり由々のほうを向いてたずねた。

「だれ？」

「敦子さん。ほら、上野さんとこの。家庭教師の……」

由々は、えっと息をのんだ。

奈々は、電車通りで、いきなり、ななちゃんじゃないと声をかけられ驚いたけれど、すぐにわかったと言った。

「わたしより六コ上だから、六十七か。敦子さんもたまたまこっちに戻ってきてたんだって。お墓参りで」

「へえ……。で、何か話したの？」

「急いでたみたいで、ちょっと。ご主人が去年亡くなったって言ってた」

「そう……」

奈々は、もそもそと窓敷居の上で腕を組み直すと、トーンの違う声で言った。

「でもね、敦子さんの苗字、モリヤマじゃなかった」

え、と顔をのぞくと、奈々は遠くを眺めていた。

「……タツヒコさんて、覚えてるかしら。いちばん初めに、敦子さんの代わりに家庭教師にきた大学生」

あ、うん、何となく……と、由々は言葉をにごす。

「そう。モリヤマタツヒコさんて人。あの人、敦子さんの彼氏だったからさ、てっきり結婚したんだとばかり思ってたの」

顎《あご》を上げ、思い切ったような口調で奈々が言った。だから由々もそのまま繰り返した。

「……彼氏だったの……」

「うん。わたし、二人が一緒に歩いてるとこ見かけたの」

初めて聞く話だった。奈々はこれまで一言も言わなかった……。もう一回、〈タツヒコさん〉を見ただなんて……。

「だからそのあと敦子さんが来たとき、聞いてみたの。そうしたら、付き合ってるって。結婚するのって聞いたら、たぶんって……」

「ふうん……」

「だからね、亡くなったの別の人だった」

奈々は、窓敷居のはじに転がっていたアブの死骸《しがい》をピンと指ではじいて落下させた。

「……ふうん。で、モリヤマタツヒコさんは、どうなったの？」

由々がうっかりつぶやくと、奈々は、やだあ、と笑って、

「昔のボーイフレンドの消息なんかきけないわよ。久しぶりでばったり会って、だんなさん亡くしたっていってるのに」

とおかしそうに由々をなじった。たしかにそうだった。でも今の言葉を聞いて、奈々はほんとうは、〈タツヒコさん〉のことを知りたかったのだと思った。そうか、奈々はずっと〈タツヒコさん〉のことを覚えていたんだ……。

不意に奈々は、溜め息にのせて、懐かしむような調子で言った。

「あの先生の教え方、すごくわかりやすかったのよねえ。あのときに習ったこと、今でも覚えてる」

「そうだったの……」

それも初めて聞く話だった。きゅうに羨《うらや》ましさがこみあげてきたのが、自分でもさすがにおかしかったにもかかわらず、由々はついむきになって、心の中でつぶやいた。

（でもわたしだって、言ってないことあるもの）

ほとんど〈ゆゆ〉のような、それも、妹としての〈ゆゆ〉のような気持ちになっていた由々は、海の方を見て、かすかに口をとがらせた。次つぎと明かされた話に、まるで十一歳の少女のように衝撃を受けた由々の心は、何だかちりちりしたのだ……。あれから今に

至るまでの四十数年間を、いともあっさり飛び越えて。

敦子さんが〈タツヒコさん〉と結婚しなかったという知らせは、大学四年生だった〈タツヒコさん〉をそっとそのまま保つことになった。チェシャ猫の笑みは、青年の笑みのまま、宙に浮きつづける……。

❄

2

由々と奈々は一緒にビルの部屋を出て、午前中の陽に溢れた坂を下った。奈々は郊外に新しく建った大型書店の、ディスプレイ担当者に会うといって、タクシーを拾って去っていった。

奈々は昔とちっとも変わらない。堂々としていて、いつでも〈ゆゆ〉のはるか前方を颯《さっ》爽《そう》と進んでいく。そんな奈々と窓辺に並び、朝の海を見下ろしながら、あんな話をしようとは……。

いつものように市電に乗ろうとして、由々はふと気が変わった。爽やかな陽の下を、一人になって歩きたくなったのだ。あの遠い夏の日の記憶に浸りすぎたこと、そして〈タツヒコさん〉という名前を口に出して奈々と話したことで、心が不安定に揺れていた。

それと同時に、「翻訳するのにも、仕事場っているものなの？」といった言葉や、「籠っちゃって」だの「ヘンクツ」だのと言われたことが引っかかってもいた。

由々は電車に追い越されながら、日傘もささず帽子もかぶらずに歩きつづけた。あの日、子犬と別れたあと、とぼとぼと電車通りを歩いた〈ゆゆ〉のように。

（それほどの仕事をしてないのはたしかだけど、でも、それだって、どこかには籠らなくちゃならないわけだし……）

語学を専門に学んだわけでも、留学経験があるわけでもなく、会社勤めをしていた頃に趣味で始めた翻訳を、少しずつ仕事にしてきただけの自分には、身に沁みついた基礎力や勘のようなものがどうしても欠けているように思えて、由々はいつまでも自信がなかった。うんと語学が出来て、文学の素養もある優秀な人たちが、着々と良い仕事をしていくのを、いつも感心して眺めながら、はずれのほうで、カタツムリのようにやってきたのだ。

（だけど、ヘンクツだなんて、そんなのうんと若いころの話じゃないの）

中学高校大学と、奈々が、センスのいい服装に凝っていたのと反対に、由々は、わざとのように流行《はや》りに背を向け、世の中のきれいな若い娘たちを尻目に、どうでもいい服ばかりまとっていた。そんないでたちで眼鏡をかけ、背をかがめ、本を膝にのせ……。思い出すとさすがに暗くなってくるような、〈ヘンクツ娘〉だったとは思う。

けれど大人になってからは、人並の服装やお化粧もするようになったし、結婚だってしたのだし、子どもだって育てたのだし、いたって普通じゃないの……と由々は思う。

二駅ほど歩いて、手芸店の前を通りかかったとき、由々は、パジャマのゴムを付け直してほしいと何日か前から寛夫に頼まれていたのを思い出した。

けっして値引きしない昔からある小さな店は、混んでいたためしがないから、簡単に買い物ができる。

白いゴム束をレジ台にのせ、財布を探っていると、

「あ、駿君《しゅん》のお母さん、ですよね」

と、頭の上で声がした。

パッと顔を上げ、カウンターの向こうで、懐かしそうに微笑んでいるエプロンをしめた中年の女性店員を見たとたん、由々もまた、あらっと驚いて言葉をつまらせた。駿の小学校のときのクラスの女の子のお母さんだ。あの子の名前……チアキちゃんじゃなくてチエミちゃんじゃなくて……。

「北原チユキの母です。お久しぶり。わたし、ここでバイト始めたんです」

あ、そうそう、チユキちゃんだ……。

「ほんとお久しぶり。お元気でしたか？　チユキちゃんも」

髪をきちんとブローした、久しぶりの〈チユキちゃんのお母さん〉を前に、徹夜明けのむくんだ顔と汗ばんだTシャツが恥ずかしくなる。

「はい、おかげ様で。学科を変わりたいなんて言い出して、金食い虫。駿君は？」

「ええ何とかやってるみたい。就職してくれたから、ちょっと一息かな。東京にいる」

「そうでしたか。……あっというまでしたねえ。あの子たちが、もう社会人になる齢《とし》だなんてねえ」

「ほんとねえ。早いわねえ」


店を出て歩きだした由々は、当時のことをぼんやり思い出していた。

親子参加の懇親会だった。母親たちが集うテーブルでは、右隣の人は右に、左隣の人は左に身をのりだし、向かいの人は隣同士で一生懸命喋《しゃべ》り、かろうじて親しいといえるチユキちゃんのお母さんは、遠くの席で笑っていた。バッグの中から本を取りだして読むわけにもいかず、由々はなすすべもなく、窓の外で揺れる梢《こずえ》を眺めていたのだ。「お腹痛いから帰りたい」と駿が呼びにきたとき、真っ先に起こった感情は、心配ではなく喜びだった……。

思えば、歩きはじめた駿を連れて子ども公園に行ったのも一回だけだった。小さな子どもたちをしゃがんで見守るうちに、周りのお母さんたちに気圧《けお》されていき、〈公園デビュー〉の日はそのまま引退の日になったのだ。由々は駿の手を引いて、当てもなくぶらぶらし、どこかに行かなければと焦るときには、すいていそうな美術館を訪ねて、バギーに乗せたり歩かせたりして時間をつぶした。

駿には可哀想なことをした。あの頃も、けっこうヘンクツだったのかもしれないと由々は思う。

さっきは、四十数年を飛び越えて、あの十一歳の夏の日と今とがつながってしまったような錯覚を覚えていたけれど、ほんの少し目先を変えれば、間に挟まれた年月が、際限なく、わらわらと蘇《よみがえ》ってくるのは当然のことだった。チユキちゃんのお母さんに会っただけで、たちまち、若い母親だった頃の光景が浮かび上がるのだから。

（そういえば、『モデラート・カンタービレ』のあの母親も、男の子を連れて、ぶらぶらしてた……。子どもを可愛がってはいたはずだけれど、でも、相当しょうもないお母さんだった。だって、あの子を遊ばせて、明るいうちから、カフェで男の人とぶどう酒を飲むんじゃなかった？　それも何度も……）

懐かしい小説がふたたび頭をよぎる。人ごとだと思っていたはずのあの母親のことが急に身近に感じられた。駿を連れてぶらぶらしていた頃には、この本のことなど、少しも思い出さなかったのに。

本棚のどの辺りにあったか、どうしても思い出せず、もういっそ買ってしまおうと打ち切りにした本の捜索を、夜、寝る頃になって念のために再開してまもなく、ちゃんと見たはずの棚の奥から、古めかしい『モデラート・カンタービレ』は現れた。

ぱらぱらとページをめくる指先が、紙に食い込む活字の凹凸《おうとつ》をとらえるうち、ふつふつと嬉しくなってきた。目をつぶり、点字を読む人のように指の腹でそのでこぼこをもてあそぶ。どうしてこんなものが愛おしいのだろうと思うけれど、若い頃に読んだ本の、ひりひり胸に刺さる感触は、もしかしたら、いくらかはこの凹凸のせいもあったのかもしれない……。

「あっ……」

初めのほうのページで、由々は、少年が弾かされていた曲が、ディアベリのソナチネだったのを発見し、目をみはった。メロディーが蘇る。

今にも読み始めたくなる気持ちを抑え、由々は本を閉じた。

3

日曜だったが、お昼過ぎに由々は仕事場に出向いた。このごろは、曜日にかかわらず、気分次第で仕事場に向かう。

市電を降り、並木に沿って坂道を上りかけたところで、由々は、最近できたブティックのウインドウに何げなく目を留めた。

今日、新しく入れ替えたのだろうか。昨日通りかかったときには気づかなかった白っぽいワンピースが飾られていた。

あっと小さく叫んで、吸い寄せられるように、思わずウインドウに手のひらを当てたのは、つやのある白い布全体に、小さな黄の花が散らされていたからだった。ウエストで切り替えられているが、大人の服らしく、フレアーギャザーは控えめで上品だ。袖《そで》はシュークリームのようなパフスリーブではなく、身頃からスッとわずかに垂れたフレンチスリーブ。襟ぐりは大きなU字。もちろん蓮根レースは付いていない。気取った様子の店構えからして、きっと値は張るのだろう。でも由々はもう決めていた。

試着室のカーテンの陰で、柔かく肌触りのよい服を身につけ、鏡の中の自分を見たとたん、遠い夏に身中に満ちたのと、ほとんど同じ喜びが満ち、だれのものでもなかったワンピースは、由々だけの特別のもの――〈黄の花のワンピース〉になった。

十五分後、ブティックの大きな袋を下げて、由々はゆったりと店を出た。

仕事部屋の小窓を左右に開いて新しい風を入れながら、遠くの海を見て大きく息を吸うと、ひとりでに笑みがこぼれた。ピアノの上に置いた素敵な紙袋の中には、〈黄の花のワンピース〉が入っているのだ。まるであの夏、服を縫ってもらったときのよう……。

（一段落したらあれを着て外に出よう！）

由々はパソコンを立ち上げると、昨日終えた訳文を検討し始めた。


〈黄の花のワンピース〉を着た由々は、日傘を手に外に出た。坂をもう少し上ったところを右に逸《そ》れ、西側の海の近くまで下り、行きつけのカフェに行くつもりだ。そこで本を読むのが由々は好きだった。緑がちらちらするまぶしい光の中を、由々は、あの朝、そっと家を出たときの〈ゆゆ〉のように胸をはずませて、歩いた。

古い木造の一軒家を改築してカフェを営んでいるのは、由々より少し年下の村岡さんという人だった。仕事場の持ち主に教えられて通うようになった店だから、知り合って一年ほどにすぎなかったが、おっとりとした感じのいい人で、バロック音楽が低く流れる中で少しずつ言葉を交わすうちに、すっかり親しくなっていた。でも由々はめったにカウンターにはすわらず、いつも、少しガタガタする隅の小さなテーブルで、深煎《ふかい》りのコーヒーを飲みながら本を開く。

けれど今日は珍しく、テーブルはどこもすでに埋まっていて、カウンターの高い椅子に腰かけるしかなかった。若い人が一人だけ、本を読んでいた。

「こんにちは。日曜ってあんまり来ないから、お客さん多いの知らなかった。フレンチロースト、お願いします」

ごそごそとバッグを探りながら由々は村岡さんに話しかけた。

「はい。おかげ様で日曜はいつもこんな感じですね。あれ、由々さん、なんか今日、雰囲気が……。あ、そうだ」

村岡さんはそう言うと、目の前の青年を手で示しながら言った。

「甥です。東京にいる兄の子」

青年が顔をあげると、村岡さんは、

「杉村由々さん、ほら、翻訳家の」

と、由々を示した。

青年は、背を伸ばして、あ、ああ……と、笑顔になると、

「訳されたご本、いくつか、読んでいます」

と、遠慮がちに言い、頭を下げた。

あら、と由々は微笑みながら肩をすぼめる。〈翻訳家〉と言われると、つい、もじもじしてしまう。

村岡さんが言葉をついだ。

「甥は……あ、澁澤龍彦と同じ字を書いて、龍彦っていうんですけどね、三月に東京の大学を出て、目下、就職浪人中。で、息抜きにうちに居候中。な？」

青年は、こくんと首を突き出しながら頷いた。村岡さんは、近くのマンションに住んでいた。

「そう。澁澤龍彦と？　すてきね……」

つぶやくようにそう繰り返しながらも、若い頃敬愛していたその作家に思いを馳せたわけではなかった。あなたもタツヒコさんなのね……と、偶然を楽しんでいたのだ。

由々は、三席離れたところにいる龍彦の横顔をそっと伺った。ほっそりしたきれいな青年だった。それからふと、テーブルに置かれた本に目を向け、そのとたん、あらまあと息

をのんだ。

「『十五少年漂流記』……？」

「あ、はい。新訳が出たので、読んでみたくなって」

そういえば、たしかに新訳の広告が出ていた。

「ちょっと見せてもらってもいい？」

あ、どうぞと、龍彦は、席を一つ移りながら、単行本を由々のほうにさしだした。

由々は、新しい本をぱらぱらと眺めた。ブリアン、ドニファン、バクスター……懐かしい名前がいくつも目にとびこむ。

「……この本、好きだったの？」

由々は龍彦にたずねた。

「はい。『二年間の休暇』っていう題でしたが」

年齢を考えると、〈十五少年〉などという明治の初訳を踏襲したタイトルではなく、原題に忠実な訳本を読んでいたのは自然なことなのだろう。でもいずれにしろ、内容に変わりはない。由々は、ふと、いたずらをしてみたくなってたずねた。

「……ブリアンがいちばんいい人だし、かっこいいけど、バクスターには感心しちゃうわよね？」

龍彦はとたんに目を輝かせ、

「そうですよね。バクスターはすごいですね」

と答えたあと、「特許、いっぱいとれそうですよね」と小さくつぶやいた。ほんとね、と由々は笑った。

龍彦は、由々が登場人物の名前をよく覚えているといって、感心した。たまたまね、と由々は曖昧に答えた。

「……でも、本の中で出会った人たちには、実際の人とはまた別の親密さを感じるわよね。この本に限らないけど」

龍彦は、少しのあいだ首をかしげてから、

「そうですねえ……。内側から知り合いになるからでしょうか」

と、ひとり言のような調子で、ゆっくりつぶやいた。

その一瞬由々は、あの夕暮れの縁側で、考え考え、〈ゆゆ〉に語りかけてくれた、うんと年上の大学生がそこにいるような感覚に包まれた。

「……ああ、そうね、そうかもしれない……」

我に返って、由々は答える。初対面でありながら、いきなりこんな話になっても、少しも不自然な感じがしないのを嬉しく思いながら。

「言わせてもらえば」

香ばしい匂いをたてて琺瑯《ほうろう》のポットに溜まったコーヒーをカップに注ぎながら、村岡さんが口をはさんだ。

「……ぼくはモコが好きでしたけどね。はい、どうぞ、フレンチです」

十五人のうち一人だけ黒人のモコは、辛抱強くてやさしい、思慮深い少年なのだった。

由々も龍彦もまた、異議なし、というように頷いた。

熱い白磁のカップを唇に当てながら、由々は、偶然が招いた驚きを静かに楽しんでいた。

（ねえ、ゆゆ、聞いて。わたし、今、〈黄の花のワンピース〉を着てるのよ。それでね、いったいだれの横でコーヒーを飲んでると思う？　タツヒコさんよ。しかも『十五少年』の話をしてるなんて、びっくりでしょう？）

まるで仲良しに、そっと秘密の重大報告をする少女のような気分だった。

由々は、微笑んで本を龍彦に返すと、バッグの奥からようやく『モデラート・カンタービレ』を取り出してテーブルに載せた。

懐かしい小説の表紙をゆっくり開き、一ページめから読み始めながら、由々は、この偶然を、まだ反芻《はんすう》していた。よほど集中しなければ、少年と先生とのレッスン風景が、つい、風に揺れるレースのカーテンのようにふわふわたなびき、像を結びそこねるほど……。

それでもやがて、由々は、ピアノ教師とアンヌ・デバレード――それが若い母親の名前だった――とのやりとりや、外でとどろく女の悲鳴にひきつけられていった。龍彦もまた本を読みつづける。

背後の椅子席で交わされる話し声が、たまに甲高くなりはしたが、おしなべて静かな空間で、遠い昔の弦楽器の調べとコーヒーの香りに包まれながら、由々はしばらくフランスのさびしい海辺の町の出来事に浸ることができた。時おり、上の空で駿を連れ回していた若い母親だった自分がアンヌと重なり、胸がきゅっと詰まる。

フーッという大きな吐息が隣から聞こえ、由々はふと顔をそちらに向けた。

「あ、すみません」

龍彦が、あわてたように言った。

「……この子たちが、あんまりすごいので……」

由々は、ううんと首をふった。

その時、〈タツヒコさん〉が残したチェシャ猫の笑みが、微笑んだ龍彦の顔にふうわりと重なって見えた。

4

〈村岡珈琲〉で三分の一を、残りを枕元で読み終え、『モデラート・カンタービレ』を閉じて灯りを消したあと、暗がりの中で由々はなかなか寝付かれなかった。

本の印象は、若い頃に読んだときと変わることなく、痛々しく気怠《けだる》く靄《もや》がかかったように漠としていて、美しかった。けれど、アンヌの絶望と渇望の深さは、驚くばかりに心に響いた。自分が殺した女にとりすがる男と、殺されたその女の心の有りように、執拗《しつよう》に関心を寄せるアンヌは、きっとほんとうは、ここからわたしを連れ出して……と叫びだしたいのだ。でも叫ぶ力さえ、とっくに潰《つい》えてしまったようなアンヌ……。けれど、だれにも、どこにも、連れ出すことはできないのだし、まして自分から抜け出すことなどかなわない……。

だが眠られないのは、本のせいだけではなかった。ディアベリのソナチネと昨日の奈々の来訪に始まり、次々起こった意外な出来事のために神経が昂《たかぶ》っていた。

眠れぬ瞼《まぶた》の裏に、チェシャ猫の透明な笑みがちらついた。それは、〈タツヒコさん〉の笑みのようでもあり、あるいは、昼に会ったばかりなのに、もうすでに顔を思い出せない龍彦の笑みのようでもあった。

やがてぐるぐるする頭の中で、事態が整理されてゆく。そうだ、途中でプツリと切れたフィルムが継ぎ合わされたのだと。また物語が進んでいくのだ。それはどんな物語なのだろう。由々はわくわくし、是非ともつづきを見てみたいと思う。暗闇で目を閉じたまま転がす考えのほとんどは、馬鹿げていて奇妙だが、時には明るい展望を示し、睡眠不足の苦しい胸に、ほんのりと安らぎを与えてくれるのだ。

由々は一晩中輾転反側《てんてんはんそく》し、夜明け近くになって、ようやく二時間ばかり眠った。

翌朝、由々は本屋の開店に合わせて家を出た。

途中の電停で降りてまで本屋に来たのは、『十五少年漂流記』の新訳を買うためだった。〈九月堂〉は大きな書店ではなかったが、翻訳小説の棚がわりと充実しているのだ。案の定、その新刊はすぐに見つかった。健気《けなげ》で勇敢な少年たちの、無人島での冒険の日々を、再び我が事のように味わいたいという思いが、昨日から湧きあがっていた。由々は本をたいせつにバッグに入れ、仕事場に向かった。

事務的なメールに返事を書いたり、学生時代からの友人、公美子から来ていた沈んだ調子のメールに応援と慰めを書いたり、ネットでニュースを読んだりしていると、あっというまに午前中が過ぎていきそうになり、由々はあわてて仕事の画面を出す。

昼食はまちまちだ。お弁当を作って持ってくることもあれば、途中でサンドイッチを買ってくることもある。気が向けばランチを食べにいくことも。

一時近くになっていたことに気づき、由々は真新しい『十五少年漂流記』を手に、仕事場を出た。今日、〈黄の花のワンピース〉は着ていなかったが、似たような形の水色の服をふわりと着ていた。何となく、そんな服装をしたかったのだ。今朝も。

立て続けに〈村岡珈琲〉に行くのは珍しい。けれど、ランチのあとに本を読むなら、あそこで美味しいホットサンドを食べるのがいいだろう。

今日お客はわずかしかいなかった。慣れた奥のテーブルに落ち着いて、買ったばかりの本をバッグから取り出す。由々は、注文をとりにきた村岡さんに、

「九月堂にちゃんとあった」

と、本の表紙を見せた。

「なんだ、龍彦に貸してもらえばよかったのに」

でもそのあとで、村岡さんは、次は自分が予約していたのだと言って笑った。

エビとアボカドのホットサンドを食べ終え、コーヒーカップ一つだけがのるテーブルで、十五人の少年たちとともに嵐の海を航海していると、店のドアにぶら下がった鈴が、リンリンと鳴った。由々はおかまいなしに、〈スラウギ号〉の行く手に目をこらす……。

カウンターの辺りで話し声がしていたが、やがてテーブルが人影に覆われて暗くなった。

「……あらら」

顔を上げた先で背の高い龍彦が微笑みながら頭を下げた。曖昧だった笑みが、くっきり像を結んだ。

「叔父に頼まれた用があって、ちょっと寄ったんです。……その本、買われたんですってね。あ、すみません、邪魔して」

「ううん。読みたくなっちゃったの。……ちょっとすわらない？」

龍彦は、少しためらいながらも、じゃちょっとと向かい側の椅子をひいて、浅く腰をおろすと、あのう、とつぶやきながら、長いほっそりした腕でごそごそとズックのカバンを探り、中から文庫本を一冊取り出した。

「これ……」

「え、なに？　あらあ……」

口づけを待つかのような放心した表情を見せて上を向くジャンヌ・モローと、その顔をじっと見つめるように、彼女の髪を両側から押さえる、ジャン＝ポール・ベルモンドらしき男の横顔のモノクロ写真が目にとびこんだ。『Moderato Cantabile』という横文字が写真にかぶさっている。映画化されたときのスティル写真が、文庫本のカバーに使われたものだった。

「さっき古本屋に行ったら文庫の棚に、たまたまあったんです。昨日、読んでらした本ですよね？　パラパラ見てみたら、読んでみたくなって……」

「へえ、文庫本はこんななのね」

同じ本を読もうとしてくれたことが嬉しかった。

「……すてきなタイトルですよね。デュラスって、読んだことがなくて」

そう言いながら本のページをゆっくりめくる龍彦のうつむいた顔に前髪がはらりと落ち、龍彦は細い指ではらうようにかきあげた。〈タツヒコさん〉も、こんな仕草をしていただろうか。どうだったろう……。

たまたまディアベリのソナチネを弾いて……この作品のことを思い出して本棚からひっぱり出してきて……。その本を今、この〈龍彦さん〉が手にしているなんて。それも『十五少年漂流記』を読んでいるわたしと向かい合いながら……。由々は、縁側のシーンでプツリと切れたあのフィルムのつづきは、こうだったのか、とぼんやり思った。

「このソナチネって、どういう曲なんでしょうね」

龍彦がつぶやいた。

「ああ、それね。ラララーラー……ラララーラー……ラララーラー……」

由々は細い声でメロディーを口ずさんだ。

「へえ……」

そして二人は、何となく、笑った。

あの時止まったあの時間が、ふたたび動きだしたような気がした。でも、〈ゆゆ〉に、ソナチネを弾くことはできたとしても、小説の『モデラート・カンタービレ』を〈タツヒコさん〉と共有することはできなかったろう。〈ゆゆ〉は、こんなにも待たなければならなかったのかもしれない……。

5

〈村岡珈琲〉を出て、人けのない海岸を由々はそぞろ歩いた。

空と海をうっすら隔てる、遠い水平線のあたりに、白い船が一艘、小さく浮いていた。

まるで手の届かない憧れのように、かすかに光りながら。

その点のような白い輝きを見つめるうち、望みが少しずつしぼんでいった少女時代の心の移ろいが蘇ってきた。

(……でもわたしが自分でそうしたのよ……。辛くならないように……)

由々は思い出す――。

(いくら何でも、あれはうかつだった……)

夏の終わりの昼下がりだった。そろそろもう夏服はしまわなくちゃね、と母に言われ、〈ゆゆ〉は急に焦った。〈黄の花のワンピース〉は、夏休みの一日目に着たあとは、たしか二度ほど、袖を通しただけだった。祖母とのおでかけと、よばれたピアノの発表会のときに。

「え、もう、あのワンピース、着られないの？」

「せっかく縫ったのに、ゆゆちゃんがだいじにしすぎるんだもの。もっと着ればよかったのよ」

「じゃ、着る！」

〈ゆゆ〉は急いで着替え、サンダルを履いて外に飛び出した。

玄関前の通りに出たものの、どこに行くという当てもなかった。この服を着ているということだけが、唯一、だいじなことだった。

塀や生け垣をめぐらせた家々が並ぶ、しんとした道に人影はなく、ただ柔らかな風がかすかに吹いていた。〈ゆゆ〉は、カット絵の少女のように両手を高くかかげ、くるくるっと回ったあと、通りの端までスキップした。それから踵《きびす》を返し、スカートの裾を持って爪先だちで小刻みに来た道を歩いた。

〈ゆゆ〉は草原にいるつもりになっていた。そして、また何か素敵なことが起こらないかしらと夢見ていた。だって〈黄の花のワンピース〉を着ているのだから。

素敵なことの一番。それは〈タツヒコさん〉が、もう一度来てくれること。来てくれたなら、『十五少年』のつづきの話をするのだ。みんなが仲直りしたところを、わたしもちゃんと見届けたと教えよう……。

〈ブリアンとドニファンがね……〉。風を間切って進む帆のように、両手を水平にしてジグザグに駆けながら、〈ゆゆ〉は、宙に浮かぶチェシャ猫の笑みに向かって語りかける。なぜなら、あまりにも何度も記憶の中から取り出して見つめたせいで、〈タツヒコさん〉の顔はすりきれ、笑みしかのこっていなかったからだった。透明な笑みは、〈ゆゆ〉に向かって、〈最後はほんとに良かったよね〉と答えてくれた。

そのほかの素敵なことは何？　それは夢にも思わない何か。空から降ってくるような、霧の向こうから現れてくるような、そんな何か。とはいえ、心の片隅に、小さくひとつ望んでいることがないわけではなかった。安西れい子ちゃんが、通りの向こうから駆けてくることだった。〈ゆゆちゃん、ほんとはわたし、ゆゆちゃんが来るの、待ってたの〉〈だいじょうぶ、わたし、怒ってないよ〉……。

〈ゆゆ〉は、だれもいない昼下がりの通りを、楽しい夢想に浸りながら、行きつ戻りつを心ゆくまで繰り返した――。

険のある目つきで、〈なな〉が、〈ゆゆ〉を咎《とが》めたのは、夕食のときだった。

「外で何してたの？　隣のおばさんに、ゆゆちゃん、道路で浮かれてたけど、何かあったのって聞かれたわよ。みんなけっこう窓から見てるんだから、変なことしないでね！」

それは意外なところからいきなり飛んできて、心のまん中に命中した鉄球のようだった。家族みんなが、そろって〈ゆゆ〉のほうを見た。え、いったい何してたの？　と問いたげな目で。

どうしようもなく顔が火照《ほて》るのを抑えるすべもなく、〈ゆゆ〉は、素知らぬ顔でご飯を食べ続けた。味のわからなくなったご飯を。

〈ゆゆ〉はおのずと慎重になった。心に溢れてくるものを、ざぶんとそのまま投げ出したりしてはならないのだ。

いつしか、人知れず多くを期待しては、人知れず大きく失望するというひそかな浮き沈みが習い性になっていた。心はそのために前にも増して忙しく、そしてくたびれた。心の内を徐々に鎮めるようになったのは、全くのところ、そんな自分の心に自分で辟易《へきえき》しためだった。期待しなければ失望することはない。無理矢理心を隠す必要もない。

みずみずしい十代の半ばから、〈ゆゆ〉は、ラクダやカバみたいな、だぶついていて地味な、どうでもいい服ばかりを着て過ごすようになった。〈その服、何とかならないの？〉と〈なな〉に眉をひそめられながら。あれは、少女じみた夢想を遠ざけようと努めた、依怙地《いこじ》な心の表れだったはず。〈黄の花のワンピース〉は洋服だんすの奥深くにしまいこまれたままだった。いずれにしろ、十一歳用の夏服が、いつまでも着られるわけはないのだが。

大切にとってあったあの二枚の栞を捨てたのもその頃のことだった。

でも、とび起きてあの服を着た、あの朝の自分、あの〈ゆゆ〉は、その後の自分より、ほんとうに愚かで未熟だったのだろうか？　あんなに無防備に、次つぎと気落ちしては悲しみに包まれることになったとしても、だからって、愚かで未熟なばかりだったのだろうか？　あの日の〈ゆゆ〉は——。


仕事場に戻った由々は、さっき口ずさんだメロディーをピアノでさらった。明るく軽やかな中に、帳《とばり》の向こうをちょっと覗きこんで、ささやかな問いかけをする、邪気のない子どもの好奇心が見え隠れするような調べ……。昨日よりも、今日、その調べはいっそう親しみ深くなっていた。気づくと、弾きながら、また口ずさんでいた。

気怠くいたずらな午後の風が、レースのカーテンをタッセルからはずし、帆のようにふくらませた。由々はそれを機に立ち上がり、カーテンを直すと、コーヒーはさっき二杯も飲んだことだしと紅茶をいれた。いつも使うマグカップではなく、この前、奈々に出した、絵柄の美しいカップのほうを奥から取り出す。ソーサーも付けて。その端に、小さなクッキーものせて。

鼻歌まじりそんなことをしている自分に気づき、ちょっと肩をすくめてからパソコンの画面に向かったとき、電話が鳴った。

『由々ちゃん、ちょっといい？』

午前中メールに返事を書いた、友人の公美子だ。空気を丸くはらんだような独特の低い声に、今日は元気がなかった。

『ずいぶん、目をつぶってたんだけど、ちょっときつく言ったら、プイってすねたの……やんなっちゃう』

嬉しいこと、腹立たしいこと、事あるごとに公美子は電話をくれる。およそ半年に一度の割で、今日のような夫への愚痴も出る。仕事がら、国文法に関する山のような資料を前に、たえず締切とたたかって喘《あえ》いでいるはずなのに、電話を切るときには、のったりした声が、必ずいくらか軽やかになっているところからしても、由々とのおしゃべりは、欠かせない特別枠なのだろう。それは由々にとっても同じだった。

『ごめんね、由々ちゃんも忙しいのに、もう切る。あ、そうそう、あとちょっとだけ。ねえ、史学科に行ってた長谷さん、知ってるよね？』

「うん。公美ちゃん、結婚式によばれたのよね？　相手の人がジェラール・フィリップにそっくりだったって……」

本屋街の小さな喫茶店の隅で、花婿の容貌を描写しつづけたときの公美子の生き生きした丸顔を、今でも思い出すことができた。公美子は昔から、心打たれるものに出会うと、それがどんなだったか、目を見開き、思いに追いつかない言葉を迸《ほとばし》らせ、懸命に説明してくれるのだ。

『それなの。そっくりだったの。ところがね、きのう、駅なかのスーパーで会ったのよ。ご夫婦で買い物してるときに。そうしたらね、内緒よ、遮光器土偶そっくりのおじさんになってたの。わたしの目に焼き付いてる若いきれいな人と同一人物とは、とても思えなかったの』

「じゃあ、別人だったんじゃないの？」

『それはない。長谷さんが、結婚式に来てくれた友だちって、紹介してくれたもの』

レモンスカッシュを飲みながら、花婿の美しさをひとしきり讃えたあと、自分は結婚を早まったかもしれないなどとつぶやいてストローの先で氷を突ついた公美子は、その一年前に、〈大恋愛〉を経て結婚していた。以来、現在に至るまで、年に二回は、プイとすねあう夫婦をつづけているのだから、早まったというのは至言だったのかもしれないが。

『あの素敵な人が、まさかあれほどの変貌をとげようとは……』

まるで深い感銘を受けたかのような、しみじみした声だった。

「でも、二人は仲良さそうだったんでしょ？」

『うん……。とっても良さそうだった。そうね。若くて美しいままの人と不幸せに暮らすより、いいにきまってるわね』

「そうよ。第一、ずっと若くて美しいままの人と、ずっと幸せになんて、あり得ないじゃないの」

　公美子は軽く笑い、それからふと、

『ねえ、由々ちゃん、今日、何となく声がやさしい。華やいでるっていうか。何かあったの？』

と聞いた。

「え、そう？　気が付かなかった。特に何にもないけど……」

　そして、じゃ、またねと言い合って明るく電話を切った。

（わたし、声、華やいでたんだ……）

　四十年にもなろうという親交はさすがに侮れないなどと心で茶化しながら、そう言われて、何だか嬉しかった。

（それにしても、ジェラール・フィリップかあ……）

由々は、冷めた紅茶をすすりながら、あの遠い日に〈ゆゆ〉を部屋に招きいれたおばあさんのことを考えた。

ジェラール・フィリップは、年とることなく、まだ若い身空で亡くなったはず。あのおばあさんは、かつて映画館の中で心を奪われた後、ずっとその像を追いつづけ、老いてぼんやりして遠近感が溶けていく中で、その俳優に会いにフランスに行ったという、心躍る冒険の記憶を育《はぐく》むまでになっていったのだ……。

長谷さんが、経年変化をしつづけるジェラール・フィリップとともに齢《とし》を重ね、絆を強め、おそらく、しっかりとした〈幸せ〉を築いていったのと反対に、おばあさんは人生の後半を、若く美しいままのジェラール・フィリップの、実体のないふわふわした笑顔とずっといっしょに過ごし、そしてやっぱり幸せだったのだろう。そんなことはあり得ないと、ついさっき公美子に言ったけれど、あり得たのだ……。

このおばあさんなら、チェシャ猫の笑みを追いかける気持ちをきっとわかってくれると、〈ゆゆ〉はあのとき思った。それはまったく正しい直感だったけれど、かくも長い年月を、そのように生きるということに、思いが及ぶはずもなかった。

（あの時代だもの、昔見たきりの映画の記憶だけを、ずっと追いかけていたんだ……。ふすまに貼った、ひびの入ったブロマイドだけを頼りにして……）

うつろな横顔を見せて、ただご飯をかきこんでいたあのときのおばあさんに、しかももう、この世にいるはずのないあのおばあさんに、奇妙にも、由々は今になって、胸を衝かれたのだ。

6

その後の数日間、これまで、ほとんど惰性のようにかけていたバロック音楽を、仕事中だけは消して過ごした。この頃なぜか、音の一粒一粒が、小さな真珠の粒になったように静かに輝きながら、あまりにもくっきり、つややかに耳に届き、心に響きすぎるからだった。

その分自宅では、思う存分、真珠の粒の流れに身をゆだねて愉しかった。

目に映る景色もまた、柔らかな雨が埃《ほこり》をさあっと流したあとのように、鮮度を上げて飛び込んでくる。朝起きて窓を開けるたび、変わり映えしないはずの隣近所のたたずまいが、平和な落ち着きの中でそっと光っているように見えて嬉しくなるのだ。子どもの頃の夏の朝のようだった。

由々は、市電に揺られて仕事場に向かった。明るい陽の射した午前十時ごろの車内は、夏休みだというのにほとんど主婦と老人で占められ、おっとりしていた。クーラーのない市電の窓はどれも広く開け放たれているものの、涼しいとはいいがたく、あちこちで扇子がパタパタとのどかに揺れている。

由々は今日、後方で車掌室の壁に背中をあずけ、流れていく車窓からの眺めを、ぼんやりと楽しんでいた。

和菓子屋の桂月……とんぼ靴店……中野歯科医院……手芸店糸丸屋……。朽ちるに任せているような昔からそのままの店もあれば、すっかり改築した店もあったが、変わらずに営業しつづけている。由々は看板の文字を機械的に口の中で読み上げる。今でも相変わらず、〈きむじ〉に見えてしまう崩し文字の〈生そば〉……。そのあいだじゅう、耳の中でディアベリのソナチネが鳴っていた。

曲がり角の信号で電車が止まっているときだった。電車通りに沿った歩道を、リュックをしょった若者が歩いているのが目に入った。

（あ……）

由々は、その姿を目で追った。と同時に電車が走り出し、どんなに首をひねっても、若者は見えなくなった。龍彦だったような気もするし、別人だったような気もする。

（ううん、今のはきっと龍彦さん）

だって、と言いかけて、由々は思わず吹きだした。あまりに少女じみていて滑稽だったのだ。「きょうは〈黄の花のワンピース〉を着てるもの」とつづけそうになったのだ。

由々は今朝、何日かぶりかに、〈黄の花のワンピース〉に手を伸ばしたのだった。

吹き出したときの微笑みをまだ顔に浮かべながら、由々は、あの遠い夏の朝のことをまた思い出していた。

（まん中の鉄棒につかまって、とてもとても緊張しながら、お店の看板をずっと見て、公民館の下の電停で降りて……安西れい子ちゃんの家まで一度行ってからもどって、それからまた行ったのよ……）

由々はふと、酔狂なことを思いついた。あの日歩いた道をたどってみたくなったのだ。


今ではもう廃屋になった公民館へつづく、グリーンベルトのある広い坂道を登っていくうち、由々はだんだんドキドキしてきた。れい子ちゃん、どうかいますように……という思いが兆《きざ》してきたからだった。由々は自分に呆れ、このまま、あの日歩いた道を辛くならずに辿ることなどできるだろうかと不安になった。

（ううん、だいじょうぶ。だって、最後にいいことが待ってるって、もうちゃんと知ってるから）

縁側の〈タツヒコさん〉の笑みを思い出し、ポッと安心したことに、由々はもう一度呆れた。けれど、目に浮かんだ笑みは、龍彦の笑みだったのかもしれない……。

（そう、この道を入るの）

ぼんやりしながらも、由々は、あやまたず、あの細い横道に入っていった。

（白い柵が芝生を囲んでいて、少し奥まったところに玄関のある瀟洒《しょうしゃ》な一軒家なの……）

けれど、その道沿いに建っていたのは、隙間なく立ち並ぶ、別の家々だった。芝生もなければ、〈安西〉という家もなかった。無理もない。四十六年たったのだから。

（素敵なお家だったのに……。たしかこの辺りに芝生があって、ブランコもあって……。安西れい子ちゃん、あれからどうしたんだろう……）

もしも由々があの後もずっとこの地方都市にいたのなら、離れた地区の子たちとも、高校で一緒になる可能性はあっただろう。あるいは緑が原小学校出身の子から、れい子ちゃんの消息を聞くくらいのことはできたかもしれない。けれど中学二年でここを離れてしまった由々にとって、安西れい子ちゃんは、コバルト色のジャンパースカートをはいた、小学五年の女の子のままだった。

由々がふたたびこの地に住み始めたのは、二十年前、駿が三歳のときだった。博物館員の募集があったとき、寛夫は、子どもを育てる上でも好ましいからと、就いていたポストをあっさり退き勇んで応募したのだ。寛夫は都会生まれだったが、この町を前から気に入っていたし、とうに会社を辞め、ぽつぽつと翻訳の仕事をするようになっていた由々もまた、懐かしい風景の中でふたたび暮らすことに異存はなかった。二十年といえば、けっして短い年月ではない。だがその間、この横道に入ろうとしたことは一度もなかった。

その横道を抜け、由々はあの日と同じように歩きつづける。しばらく行くと、驚いたことに、あの時とそっくりの現れ方で、小さな公園が目にとびこんできた。今もちゃんとあったのだ。遊具やベンチだけは、色も形も楽しそうな新しいものに変わっていたが、そのほかは、そっくり同じだった。

由々はご丁寧に、そのベンチに腰かけた。ワンピースのお尻が汚れるかもしれないと、あの時のように、今もまた思いながら。だれもいない公園に一人そうしていると、今にも若い親子連れが現れて、小さな子がいぶかしそうにこちらを見るような気がして、緊張した。涙をぬぐっている十一歳の〈ゆゆ〉ではないのに……。

由々は立ち上がり、また歩きだす。

道路脇には茂った木が立ち並び、地面にくっきりと濃く短い影を落としていた。あの日もそうだった。ラジオのニュースが聞こえていて、そして心細かった。それでもやはり、夏の陽に包まれた光景は、今日のように、輝かしく美しかったことを覚えている。日差しは、どんな子にも、どんな人にも、分け隔てなく降り注ぐ。何という恵みだろう。あんな思いで歩いていてもなお、〈木漏れ日が美しい夏の道〉という印象を、くっきり残していたのだから。

（もっと歩いたのかしら、それとも、この辺だったかしら……）

左側に並ぶ家々の隙間を覗きこむようにしながら、しばらく進んでいくと、はたして、古びた家と家の間に、下に降りていく踏み固められた階段状の坂が伸びているのが見えた。あの日そうだったように、雑草が段々を覆っている。

（わあ……）

懐かしさに胸がいっぱいになった。私有地なのかもしれなかったが、暗く翳《かげ》った細い通路に由々はためらわずに入りこみ、足元に気をつけながら、ととん、ととん……と、下っていった。

ととん、ととん……と足を運んでいたその瞬間、由々は、またあの日の自分になった気がした……が、さらに別の光景が閃光《せんこう》のようにシュッと脳裏をよぎり、一瞬、くらっとした。

就職して二年が過ぎた、夏の一人旅。蟬《せみ》しぐれが辺りに降り注ぐ奈良だった。ここととよく似た細い階段状の路地を下りたことがあったのだ。あの時、不意に、この路地の感覚が鮮やかに蘇り、たまらずに、ああっと声をもらしたのだ。すかさず、「だいじょうぶですか?」と、前を下りていた寛夫がふりあおいだ。その日、たまたま知り合ったばかりの大学院生だった。その穏やかな顔を見たとき、由々は、くにゃっと歪んだマーブル模様のような意識の中で、なぜか思ったのだ。この人と結婚することになるんじゃないだろうか……と。

十一歳のとき下ったこの坂の記憶が蘇った、二十代の奈良の路地のことを思い出しながら、五十代になった自分が、今また、当のその坂を下っている……。それは時間や空間が捩《ねじ》れたような、妙な感覚だった。累積夢のような、メビウスの輪のような……。

段々の路地を下りきった由々は、昔と同じように、横道に出た。この道を右方向に少しばかり歩いたところで、おばあさんに声をかけられたのだ。

(あ、ここ。そう、この家……)

由々は思わず腰丈の生け垣にすり寄った。その向こうに、ポプラと白樺の大木がそびえ、ひまわりがあのときのように数本、並んで咲いている。なんと明るく、きらきらした眺めだろう。今このあたりに、あのおばあさんがいて、今にも声をかけてくれそうな気がしてくる。由々は、振り返って、スカートの後ろを確かめた。汚れをはたいてもらったことを思い出して。

庭の奥には四十六年前とほとんど変わらない佇まいのまま、モルタルの、同じあの家が建っていたが、ガラス戸が、サッシに変わっているのは遠目にもわかった。あのふすまも、そこに貼られていた古い写真も、もうとっくにないだろう。あの部屋は、何だか、とても不思議だった。外国に続く小さな秘密の穴があいているようだった。お盆を持ってあとから部屋に入ってきた、あのおばさん、今のわたしより若かったはず。でもずいぶんな齢《とし》になっただろう。今も元気にしているだろうか……。

（おばあさん、結婚を後悔していないって言ったのよね……。小学生に……）

初めて会う通りすがりの小学生にそんなことを言うなんて、考えてみれば、ちょっと吹き出したくなるようなことではないか。でもあの時は、そんなふうには少しも思わず、やさしそうに微笑んでいるおばあさんの話を聞いていた……。

この場所に来たことで、ついこの前、おばあさんに対して抱いた新たな親しみの感情が、波のように胸に押し寄せた。おばあさんがまだらに惚《ぼ》けていたことを知ったとたん、ぎょっとし、それまで交わした会話すべてを、無かったも同然のように思い込んで虚しさにとらわれたのは、子どもらしい極端なあやまちだったと今ではわかる。

ふいに、〈内側から知り合いになる〉と龍彦が言ったことを思い出した。なるほど。現実にはいない人物と、時を経て、こんなふうに知り合うことはできるのだ……。

ふたたび歩きだした由々は、自分の結婚のことを思った。後悔をしたことは由々もまたなかった。

由々と寛夫は、東京にもどったらまた会いましょうと言って別れたのだが、寛夫から連絡が来ることはなく、由々もしなかった。そして、この人と結婚するんじゃないかなどと思ったことを忘れた。そもそも、〈ヘンクツな〉女子高生を終えたあと、都心から離れた女子大で、そこそこ真面目に勉強するというだけの華やかならぬ四年間を過ごした自分と、結婚などという、甘やかで厄介そうなものとが、どうも結びつかなかったのだ。

寛夫にふたたび会ったのは、一年後だった。たまたま入った郵便局で、ばったり出会ったのだ。寛夫は、由々の連絡先を書いた紙を、うっかり捨ててしまった自分の粗忽《そこつ》さをひどく悔やんでいたと言って再会を喜んだ。

さらにその一年後、指輪だの結納だの式だのお日柄だののをめぐってもめることもなく――つまりすべてをあっさり無視し――結婚した。だいたいの事柄において、二人のあいだに大きな意見の相違がなく、無益な言い合いをせずに事が運ぶところは、公美子のところとおおいに違って楽だった。

寛夫は、肯《がえ》んじない物事であればあっさり退け、人の顔色をうかがうことすらしないのに、ごく穏やかなために、嫌われることも争いになることもなく、すんなり世過ぎのできる人だった。たぶんそのために、由々もまた、自分の中に居座っていた〈ヘンクツさ〉を、ほとんど忘れていられたのだろう。

（おばあさんの家を出て、それからどうやって歩いたんだったかしら……。そうそう、教会のほうに行こうとしたんだ……）

由々は青空を背景に、今も変わらずにそびえる教会のえび茶色の尖塔を目印にして歩き出した。そこに行く手前で、〈あおいゆたか〉氏の写真展を見たのだ。

はたして、あの堅牢な石造りの建物は、同じ場所に、そっくりそのまま残っていて、石段を上った先にある玄関は、頑丈そうな金属の扉で固く閉ざされていた。指定文化財に選定されたことを示す鋳物のプレートが壁に打ちつけられている。これから先も取り壊されることはないだろう。

閉ざされた扉を見上げながら、由々は、かつて見た写真の中の村人たちの、親しみに満ちた笑顔を思いだした。

〈あおいゆたか〉という活字を目にすることは、その後何度かあった。でもそのたびに、何となく顔をそむけてきたのだった。

だって……とつぶやきながら、由々は、腰の後ろに回した左手で右手の肘をつかみ、踵《かかと》で立って体を左右にくるくるひねった。記憶が蘇《よみがえ》るにつれ、口がひとりでにとがってくる。

（だって、ずけずけしてて、うるさくて……）

でも、あの写真はとても好きだった。はにかんだ笑顔を向けていた、幸せそうな村人たちを思い出した由々は、もう一度あの写真を見てみたいと、初めて思った。

ほどなく踵《きびす》を返し、由々は、凪《な》いだ水色の海を見ながら坂を下った。


（……このあたりに、バレエ教室があって……あのあたりに子犬がいたのよ……）

まさにその時、女の子が一人、軽やかに由々を追い越していった。

赤い首輪をした白い子犬を連れ、白っぽいワンピースに風をはらませながら、短い髪をなびかせ、リズムをつけて。

やがて下の方で、女の子と子犬が立ち止まるのが見えた。

近づいていくにつれ、姿がはっきりしてくる。子犬は道端の草に鼻づらをつけ、立ち止まった女の子は腰の後ろに回した手でもう片方の肘をつかみながら、踵《かかと》で立ち、からだを左右にくるくるさせていた。

そばで見ると、何となく懐かしいような子だった。白っぽい服には、小さなたんぽぽが散らされている。

「まあ、わたしたちの服、おそろいね……」

そう言わずにいられなかった。女の子は、恥ずかしそうに、こくんと頷《うなず》いた。

「何年生？」

「五年生……」

幼く、儚《はかな》く見えた。

「その子、可愛いわねえ。なでてもいい？」

女の子はまたこくんと頷く。由々は、バッグを肩にかけると、そばにしゃがみ、ころころとした毛の短い犬にふれた。そのとたん、あの遠い夏の日、お稽古用の手提げを肩にかけて、白い子犬のそばにしゃがんだときの感触がありありと蘇った。くうん……くうん……。子犬が甘えるような鳴き声をもらしたから、由々は〈ゆゆ〉のように犬を抱いた。由々をみつめる目が、あの時の子犬の目とそっくりだった。

「可愛いわねえ……」

背後で、女の子が、うふっと小さく笑い、

「おばさんのこと好きみたい」

とささやいた。

名残惜しかったけれど、由々は、じゃあねと立ち上がった。その子は、にっこりし、肘から放した手を振ってくれた。だから由々も振った。

少し歩いてから振り向くと、もうその子の姿はなかった。

(ちょうど、あんなだったんだ。あの日のわたしって……)

ふたたび歩き出しながら、由々は、心の隅にずっと空いていた小さな穴がふさがったような、ふしぎな心地よさを覚えていた……。

7

　仕事場に戻った由々は、途中のスーパーで買った明るい色のラナンキュラスを五本、花瓶に挿した。店内にある百円ショップで、いそぎ間に合わせたガラスの花瓶だった。小さな仕事場は、とたんに愛らしくなった。これまで花瓶がなかったということは、この一年間、ここに花を飾ろうとしたことがなかったということだ。思えばなんと殺風景だったのだろう。部屋ばかりではなく、自分の心持ちもまた……。

　午後は昨日のつづき――訳し終えた短編集の三話目の訳文を検討するつもりだ。下訳のつもりで日本語に置き換えていくわけではけっしてないのに、時間をおいて読み返すと、やっぱり言葉は冗長で、刈り込むべき箇所がいくつも目につくのが常だった。もっとふさわしい言い回しがあるようにも思えて、日本語の類語辞典を繰っては、原文のニュアンスにもっとも近い表現を探りもする。そんな作業を、由々は好んで実直にこなした。

　でもその前に紅茶をいれ、花といっしょに買ったサンドイッチを食べながら、すっかりくたびれた原書をパラパラと繰った。開閉を繰り返した本は、親しみ深く手になじむ。

〈……È una storia incredibile.....però non si sa se sia vero o falso……〉——信じられない話だ……でも、ほんとか嘘かはわからない……。

偶然目に飛び込んだのは、中ほどに配された掌編の一節だった。その作品の訳文検討はまだ先だ。

（ああこれは《ローザの旅》。バスから降りて、海を見ながらぼうっとするところだ……）

始まりがどんなだったか、どうなっていくのか、自分がどんなふうに訳したのだったか、突然興味が湧いた。由々はパソコンを立ち上げると、食べかけのサンドイッチを皿に置き、翻訳済みの《ローザの旅》を画面に呼びだした。

吸い寄せられるように、由々は読んだ。訳文の検討というここ数日来の目も、自分が書いた文章だという意識ももつことなく、ただ読みつづけ、そして読み終えると、どこというのでもないところを、ぼうっと見やった。

この話を訳していたのは、いつだったろう。いったいどんな気持ちで訳していたのだったろう……。

パートタイムの事務仕事を終えた中年の主婦ローザが、夕方、ターミナルでバスを待っていると、そばにすわった老女二人の会話が聞こえてくる。くたびれた様子ながらも、二人は嬉々として、自分が過去にどんな思い切ったことをしたかを教え合っているのだった。一人が話し終えたあとに語りだされた、もう一人の打ち明け話に、ローザはつい耳をそばだてる。つづきがどうしても知りたくなったローザは、自分のバスを見送って、彼女たちと同じバスに乗り込み、近くで耳を傾けるのだ。

その老女は、親の決めた資産家との結婚式を目前に控えたある日のこと、買い物に出た道すがら、辻で出会った旅芸人たちの奏でる調べに魂を揺すぶられてしまう。彼女は家に戻ると、矢も楯《たて》もたまらずに荷物をまとめ、一座に加わって丘を越えるのだ。長老もいれば、美しい少女も、若者も、そして犬もいる、数人からなる一行だった。

――〈森を行くとね、コマドリがすっと飛んでくのが見えてね、さえずりを聞きながら真っ赤な野イチゴを摘んで食べたの……。酸っぱくて目が覚めるようだった。花を摘んで、たがいの髪に差しっこしたりもした……。長老の頭が色とりどりの花で埋まったわ……〉――。夜ともなれば、焚火の周りでだれかしらがフィドルを弾き、踊り、歌う。踊りすぎた彼女の靴がバラバラになると、器用な若者が蔓草《つるくさ》で縫ってくれた。星を見ながら美しい少女と並んで草に寝そべって、姉妹のように夢語りもした。大鷲《わし》の翼に乗って夜空の星めぐりができたらと。するとだれかが立ち上がり、それを即興の詩劇にした。〈我は星々の長より使わされし大鷲の化身。我が翼が運ぶべきただ一人の娘を探し求めて彷徨《さまよ》えり〉だれかがすかさず呼応する。〈夜風が歌う、ひゅひゅう、ひゅひゅう。いずれの娘がその娘？　こなたかそなたか、ひゅひゅう、ひゅひゅう……〉それはわたしよ、いえわたし……。少女と彼女の笑い声が、カラコロと鐘のように夜空にひびく……。

聞き耳をたてるローザの目には、満天の星や、木々が茂る森や、綱に翻《ひるがえ》る洗濯物や、青空のもとの花咲く丘の斜面が見え、耳には、梢のそよぎや、ぶうんと唸《うな》る蜂の羽音や、笑い声や楽の音が聞こえた。草いきれ、焚火の匂い、人びとの熱い息がローザの周りに充ちる……。

やがて一座は、丘を越え、きらきらと眼下に広がる、青い青い海を見るのだ。――〈あの時のすがすがしかったこと！　胸いっぱいに息をしたわ……〉〈へえ……〉相手の老女が、深々と溜め息をつく。そしてふと思い出して尋ねる。〈そういえば宝石は？　その人たちに盗まれなかった？〉彼女は、家を出るとき、ありったけの宝石を身に付けていったのだ。老女はフフンと首を振る。〈それどころか、みんなに分けてあげたわよ。またとない喜びをくれたお礼にね〉――。

バスの外は、色濃いすみれ色に染まっていた。気づくとそこはもう終点で、老女の二人づれは、どちらも背中をかがめながら、潮騒が聞こえるなか、老人向けの施設らしい、灯りが点る建物に向かって歩いていくのだ。ローザは、バスが折り返すのを待ちながら、ふらふらと歩きだす。そして、背高の草むらを分け入ったところでいきなり広がった、渺々《びょうびょう》とした藍紫《あいむらさき》のアドリア海を前に息をのみ、ぼーっと佇むのだ。

ほんとなのかしら、あの話……とローザは思う。でもそれは、本当にそうであったかもしれない、老女のもう一つの過去にはちがいないのだ……。

由々は、椅子の背にどっともたれかかった。老女が山越えで見たという景色を、由々もまた、ありありと見た。艶のない髪を無造作に束ねたローザの目で。それから、若かった老女の目で。

野中《のなか》での宴の様子が目に見えたとき、それが記憶の中にある〈あおいゆたか〉氏の写真の中の宴と重なり、とたんに、旅芸人の一座のことが、懐かしく愛おしくなった。だれもが解き放たれて笑っているのだ。美しい少女も、若者も……。やがてその笑みは、チェシャ猫の笑みになり、由々はハッと我に返った。

明るく美しく、はればれするような、でも一抹の切なさを含む作品だと思いながら訳していたことはたしかだった。老女のこともローザのことも、ちゃんとわかりながら訳していたのもたしかだった。たしかだったけれど、自分の向こう側にある作品だった。そもそも、由々にとって、作品はつねにそのように存在するものだった。面白い、深い、美しい、新しい……。さまざまな美質にひかれ、共感し、翻訳したいと思う。そして、じゅうぶんに理解しようと出来る限り内部まで潜り込む。判然としない細部や違和感を覚える箇所に出会えば、これはどういうことだろうと真剣になる。何種類もの辞書にあたる。作品は、いわば研究対象だった。だが、どんなに内部に潜り込もうと、訳しながら、その〈お話〉に自分が溺《おぼ》れることは、まずなかった。それは由々が翻訳の仕事をし始めた最初の頃からの態度だった。何となく、そのようでなければならないと思いつづけてきたのだ。

ぼうっとした由々の目に、ガラスの瓶から立ち上がる赤いラナンキュラスがまあるくつややかに映り、ぽっと嬉しくなる。遠くへと、心が飛んでいく……。

8

翌日の遅い昼下がり、電話が鳴った。公美子だった。そもそも仕事の電話をのぞけば、携帯に公美子以外から来ることはめったにないのだが。

『由々ちゃん……今、平気？』

公美子の第一声は、いつも遠慮がちだ。

「うん。今日はずうっと頑張ってたから、電話、嬉しい」

『よかった！』

公美子の声はとたんに明るい長調に変わる。しかも今日は、空気をはらんだ声が、初めから、風船のようにはずんいた。

『わたしね、たった今、ジョー子ちゃんの個展を見て帰ってきたところなの』

銀座のはずれを歩いている途中で、偶然、個展の看板が目にとまり、入ってみたのだと公美子は言った。

〈ジョー子ちゃん〉というのは、学生時代の共通の友人だったが、東京を離れてから、由々はすっかり疎遠になっていた。公美子も似たようなものだったと思う。でもジョー子が、抽象画をずっと描き続けていることは知っていたし、ネットを検索すれば、作品の画像を見ることもできた。

熱い溜め息をつくように、公美子はつづけた。

『……すごくよかったの。とってもきれいで、でも甘くなくて、ちゃんと統制がとれてて、力強くて面白くて……』

電話の向こうで、公美子はきっとまた目を丸く開いているのだろう。由々の頬がひとりでに緩む。

「……たしかジョー子ちゃん、コラージュみたいなことしてるのよね？」

『うん。部屋の窓くらいの大きな白い板に、いろんなものくっつけてるの。ゴミとか。あ、生ゴミじゃないよ』

「わかってる」

『お菓子の包み紙とか紐《ひも》とか、ダイレクトメールとか、古い切手とか、近づいてみると、過ぎた時間の中の、生活の欠片《かけら》みたいなものでできてるのがわかるのよ』

けれど、離れたところから見るその作品は、奥の方からやさしい光が生まれ出ているかのように輝き、複雑な立体になっているためにところどころ変わった形の影ができ、ゆらゆらと揺れもし、まるできれいな音楽が聞こえてくるようなのだと公美子はうっとり、そして懸命に、由々に伝えた。

「すごいじゃない……。わたしも見たかったなあ」

公美子の言葉をもとに、美しいコラージュを瞼《まぶた》に描いてみようとしたけれど、印象だけが、もわんと明るい雲のように浮かぶばかりだ。

「で、ジョー子ちゃん、いたの？　会えたの？」

うん、と答えた公美子は、少し間をおいてから、さっきとは違う調子でつづけた。

『実はわたし、驚いたの。……言ったら悪いけど、あの人、わがままだったじゃない？　そういう感じ、もうぜんぜんしなかったの。やだ、由々ちゃん笑うけど、ほんとなんだったら。とってもいい感じになってたのよ』

公美子は帰りの道々、そのことに思いをめぐらせ、一つの考えに辿りついたのだと言った。

『本人が、自分の作品に近づいていったんじゃないかなあって、思ったの』

「……へええ……。自分が、だんだん自分の作品に近づいていったの？」

由々は電話をにぎりながら、思わず目を見開いた。

『うん……』

公美子は、考えながら話すときの癖で、「えっとね」と一回勢いをつけて息を吸ってから低い声でつづけた。

『たぶんだけど、ジョー子ちゃん、けっこう辛い思いもしたんだと思うのよ。思ったこと言って、やりたいようにやってたら、どうしたって風当たり強くなるじゃない？　それでも次つぎ作品を作っていったわけでしょう？　でも、悲しみとか悔しさとか、そういう、ぐるぐるどろどろしたエネルギーだけで、作品って作れないと思うの。半分以上は冷静じゃないと、ちゃんとしたものにならないでしょ？』

だから、できあがった作品のほうが、本人より理性的であり、その作業をつづけてきた中で、作品が本人に滲《にじ》んでいったのではないか。あるいは、磁石に引きつけられるように、自分のほうからそこに近づいていったのではないかと公美子は言うのだった。

『だって、自分が作ろうと思う作品って、ある意味ではよ、自分の在り方の理想でもあるんじゃない？』

「ふううん……」

由々の意識が、ゆっくり、ぐうっと開いていく。

『ま、ジョー子ちゃんの場合は、根が芸術家だから、見てるとこがちょっと違うんだと思うけど、あちこちにゴツゴツぶつかりながら、ちゃあんと大人になっていったのね』
そう言ったあと、エラそうだね、わたし、と公美子は首をすくめているような声で小さく笑った。
〈女子〉だけで、ぬくぬく、ぐずぐずと過ごしていた友人たちの中で、ジョー子だけは、ボーイフレンドをとっかえひっかえしては、そのたびに本気で熱をあげ、嘆いたり騒いだりと喧《かまびす》しい学生生活を送っていた。その挙句、力づくで――と、ジョー子が自分で言ったのだが――早々に結婚したはいいが、数年後、またほかの人と恋に落ち、離婚した。その身勝手ぶりと無鉄砲ぶりには、周囲のだれもが唖然としたのだ。というのも、次の相手は〈高等遊民〉と呼ぶのがふさわしそうな、つまり仕事についていない人だったから、ジョー子は、二人分、懸命に働かなければならなかったのだ。その後、状況はかなり改善されたらしいが、その間も、さらに子どもができてからも、何かしら方法を見つけて制作し、発表しつづけたのだから、その膂力《りょりょく》と努力は、なかなかのものなのだった。
もっとも、〈だって、思いついたら、どうしても実際に形にしてみたくなっちゃって、がまんできないのよ〉という、かつて聞いたジョー子の言葉からすると、わがままぶりと真面目さは、同じ一つのものだったのだろう。そもそもジョー子は、教室より、美術サークルの部室にいるほうがずっと長かったはずだ。ジョー子は、ジョー子なりのやり方で、やってくるしかなかったのだろうし、公美子が言うように、そうやってジョー子という人間も作られていったのだろう。

『そういえば、ジョー子ちゃん、〈ドリスコルさん〉、面白かったって。訳もすごくよかったって。あれ、ほんといいもの！』

「読んでくれてたのね……」

『ドリスコルさん』というのは、今かかわっている短編集の作者による中編小説で、一昨年出した本だった。機織《はたおり》職人として工房と家とを行き来するだけの何十年にも及ぶ日々の中で、老いた親たちを見送り、生涯独身で過ごした一女性の、地味で目立たない、けれど豊かな一生の物語だ。刊行後の評判もよかったとはいえ、翻訳ものの文芸書は、もとよりそう読まれるものではなかったから、素直に嬉しかった。

『ジョー子ちゃん、ドリスコルさんのこと、自分とは似ても似つかない人のはずなのに、とても共感したって』

「そう……。たしかに、似ても似つかないでしょうねえ……」

でも、仕事に対する一途《いちず》さは、似ていたのかもしれないと由々は思った。

公美子は、ジョー子が由々のことを褒めていたと伝えた。地に足がついていて、バカなことをしない、と。

『由々ちゃんて、モデラートよねって。もちろんいい意味でよってて』

「え……」

由々は言葉に詰まった。〈モデラート〉などという、普段そう使うことのない単語をジョー子が使ったというのも何だか不思議だった。

『わたしもそう思うけど』

公美子は、由々は自分のようにダイエットとリバウンドを繰り返したりしないし、体型も変わらないし、夫婦喧嘩もしないしと、思いつくままを挙げてジョー子に同意した。

「……でもわたし、あちこちで何となく浮いちゃうし、それにヘンクツじゃない？　だから、ちがうと思うけど……」

由々は何だかドキドキした。

『え、由々ちゃんがヘンクツだなんて、思ったことないけどなあ……。ねえ？　由々ちゃん、何かあった？』

「ううん、べつに……」

由々はあわてて首を振った。ヘンクツを否定されて、ほっとしながら。

『そう。それにしても、長谷さんといいジョー子ちゃんといい、このところ、昔の友だちにつづけざまに会ったから、あの頃のこと思い出しちゃった』

由々は由々で、学生時代、ジョー子に対して時おり抱かずにいられなかった、どこか苦々しいような思いを思い出していた。

あの感情は何だったのだろう。〈とっかえひっかえ〉が特に不愉快だったわけでも、も、い、てるジョー子をやっかんでいたわけでもない。ざわざわと落ち着かず不安になるような、流れる雲の影に覆われるような、そんな苦々しさだった。けれどそのことについて深く思いをめぐらせたことはなかった。

電話を切ったあとも、ポニーテールが似合っていた、学生時代のチャーミングなジョー子の面差しがちらちらした。それと共に、『ドリスコルさん』の主人公、カテリーナ・ドリスコルの姿までちらついた。一日の仕事を終え、夕焼けの空を見ながら、骨太の身体を揺すり、ひとり帰途につく、ゆさゆさした姿だ。色の褪《さ》めた金髪のほつれ毛が、夕陽をうけて、顔のまわりで、陽炎《かげろう》のようにゆらめいている……。やがて、暗いアドリア海の前に立ちつくすローザや、子どもを連れて海岸通りを歩くアンヌ・デバレードまでもが、あたかも実在の女たちのように脳裏に浮かぶ。

そして、〈モデラート〉だと言われたことが、まだ心にひっかかっている……。

吐息とともに伸びをし、椅子の背にもたれかかった由々は、窓のほうへ首をひねった。

明るい青空のかけらだけが見えた。

もっと先まで進むつもりだったけれど、ふいに、無性に美味しいコーヒーが飲みたくなった。〈村岡珈琲〉のフレンチローストを。

由々はばたばたとパソコンを閉じると、仕事場を出た。


カウンターの向こうで、村岡さんの顔がパッとはじけた。

「ああ、いらっしゃい。その辺で会いませんでした？　ちょっと前に、龍彦が来ていったんですけど」

「……えっ、そうだったの……。見なかった」

美味しいコーヒーだけを楽しみに来たのに、そう聞いたときの失望の大きさに、由々は自分でも驚いた。

「あ、でもね、きのう、電車の窓から龍彦さんらしき人、見かけたわよ。でも人違いかもしれない。だって……ほら、龍彦さんみたいな、すらっとした若い人、多いじゃない？」

由々は、カウンターの椅子に腰をおろしながら言った。

「ああ、たしかにいますねえ、よく似てるのが。ほとんどユビキタスですよね。ぼくもこの前、間違えました」

ＩＴ関係で使われるようになったその言葉のもともとの意味を思い出し、由々は笑った。同時にあらゆるところに存在する――つまり、遍在するということだ。自分から言いだしたにもかかわらず、そんな表現を聞いてはじめて、なるほど龍彦は、今風の、よくいる若者だったのだと由々は気づいた。

「今時の若者ですよねえ、こざっぱりしてるし、煙草は吸わないし」

村岡さんはそう言ったあと、

「でも、中身はどうなのかなあ……」

とつぶやいた。

「しゃべってると、昔の若者とちがうって感じが、全然しないんですよ。あ、いつものでいいですか」

ええと答えながら、言われてみるとそうかもしれないと、由々はまた思った。〈タツヒコさん〉が、相対的に見てどのような青年か、〈ゆゆ〉が考えもしなかったのと同様に、由々もまた、そのような視点から龍彦について考えたことがなかったのだ。思えば同年の息子とさえ、比べたことがなかった。

由々は、はたと思いついて尋ねた。

「……そういえば、龍彦さん、どんなお仕事につこうとしているの？」

「教師になろうとしているんです。英語の」

「ああ、そうなの……」

〈タツヒコさん〉が、教育学部の学生だったことを、由々はぼんやり思った。

「採用試験には受かったのに、採用されなくて。ぎりぎりで合格したせいだろうって、本人、言ってましたけどね。だから来月、また受けにいくみたいですよ。前の年の貯金があるから、二次だったか三次だったか、途中から受ければいいんだそうです」

コーヒーを落とす村岡さんの手を見ながら、由々はふっと寂しさを覚えた。

「試験がすんだら、また戻ってくるかもしれないようなことを言ってたので、そうしたら、また、本の話でもしてやってください。そうだ、ゆうべも言ってたんですよ。うちにあった『ドリスコルさん』、ちょうど読み終えたらしくて、訳も〈あとがき〉もとてもよかったって、喜んでました。あの本、いいですもんねえ」

同じ日に、続けてそのタイトルを聞くとは思わなかった。龍彦までが読んでくれたなんて……。

とたんに、やわらかな風が心を吹き抜けた。店内に流れるフルートの音色が、意味深く美しい曲を奏でていた。

「あ、これって、ヘンデル？」

「ええ。フルート・ソナタ。ランパルのフルート、いいですよねえ」

「うん、いいわねえ……」

西陽が射し始めた窓のほうを見ながら、由々は何だか、幸せだった。

9

それから数日が過ぎた、穏やかな夕暮れだった。

由々は電車通りに向かって坂道を下りかけた途中で、ふと立ち止まった。今日寛夫は、めずらしく、もとの職場の人たちと飲みにいくことになっていたのを思い出したのだ。それなら急いで帰ることもない。この前の散策――遠いあの日に歩いた道をただ辿るという酔狂な散策――が、思いのほか心楽しかったことが、そしてこの気持ちのいい夕暮れを、のんびり、たっぷり、味わいたいという気持ちが、由々の足を、いつもは通らない方へと向かわせた。

山の西側の斜面に広がる地域は、戦前、豊かに栄えていたところで、古びた独特の和洋折衷建築や、当時の活気の片鱗があちらこちらに残っていた。めずらしくそこまで足を伸ばした由々は、初めて見る、苔むして崩れたような、でもよく見ると、手摺《てすり》や石段に意匠が凝らされた急な階段をわざと下りてみたり、一人がようやくすり抜けられる家と家の間の通路を、まるで怪しい人物のように、こそこそと通り抜けたりした。

徹夜明けのあの朝以来、〈ゆゆ〉が舞い降りたかのように、由々の心はふわふわとふくらみ、そしてどこかそわそわしていた。そんな心に、この界隈にたちこめる奇妙な空気はよくなじんだ。朽ちて崩れかけた、しんとしたでこぼこの石畳の小道や、草にふさがれた細い道などには、落ち着いた日常から逸《そ》れた心と、どこか親和性があるに違いない。それぞれの道がもつ、古風で独特な趣きのかおや佇まいが、胸に響き、気持ちを愉快にしてくれたから。

やがて由々は、いくらか幅のある坂道に出た。堂々たるタチアオイのひと群《むれ》が道端に勢いよく立ち上がり、桃色の花を咲かせていた。雑草のように見捨てられているはずなのに、そんなことには全く無頓着な無邪気さで、いかにも楽しげに背を伸ばしていた。つられてか、周囲の雑草も、粒々《つぶつぶ》のような花をいっぱいつけている。由々は、伸びるに任せた草花に沿って歩を進めた。

(こんな道があったんだ……)

好奇心いっぱいの目で、左右をきょろきょろと眺めながら、案外急勾配の坂をさらに上へと登っていく。見上げる空は今、めらめらと金色に燃えるような夕焼けに染まり、謎めいて見えた。

やがて、古びた煉瓦塀にさしかかった。塀に沿って進んでいくと、途切れたところに煉瓦を四角く積みあげた門があり、その間から、石畳の通りが、絵本の中の小道のように、うねりながら奥へと伸びているのが見えた。通りの両側には、いずれも同じ形の、どこかお話めいた木造の家々が向かい合わせに並んでいる。三角屋根の下には屋根裏部屋があるのだろう、小さな窓が小人の家のように突き出している。社宅か何かかもしれない……。その、身を寄せ合うような親密さは下町の光景のようでありながら、どこかしら異国の街角を思わせた。金色がかった空が、まるで歩廊に掛かるきらびやかな天井のように、その通りを覆っていた。

私有地かもしれないと思いながら、由々は、引きこまれるようにそこに入り込んでいった。先には何があるのだろう。素敵なものが待っていたらいいな……。いつのまにか、〈ゆゆ〉のような気持ちになっている……。

黴臭《かび》いような昔の匂いが、軽くつんと鼻をつく。家々の玄関ドアについた縦長の細い窓は、どれも内側からカーテンで目隠しされていたが、布の模様が、くすんだ花柄だったり、ペーズリー模様だったり、カラフルな水玉だったりし、順に見ていくのが楽しかった。玄関前に、プランターや観葉植物を置いている家もある。

由々は、ゆるく蛇行する石畳に沿って、そっと進んでいった。

（こんな場所があることを知ったら喜ぶんじゃないかしら……）

ぼんやり、龍彦のことを思い出していた。

家々の間を縫うようにして奥までつづいていた通りは、家が途切れたところで、下へ降りていく細い階段につながっていた。

その中ほどに、リュックを横に置いた若者らしい人が腰かけていた。ハッとすると同時に、村岡さんのいったユビキタスという言葉が頭をよぎった。

脇を通らせてもらおうと、すみません……と声をかけたとき、若者の膝の上に、モノクロの写真の本がのっているのが目に入った。

「あ、すみません！」

若者があわててリュックを引き寄せながら右にずれたとき、写真がはっきり見えた。写っていたのは、ちょうどその位置から見た階段下の光景らしかった。

「あら、ここの写真？……」

由々が小さくつぶやくと、

「あ……」

と若者が上を向いて声をあげた。

「まあ……。龍彦さんだったの？」

「あ……こんにちは。お家、この辺りなんですか？」

龍彦が前髪をかきあげながら、びっくりしたように目を見開いて尋ねた。

「ううん。自宅はずっと電車で行ったほう。仕事のあとちょっとぶらぶらしてたの。でもここを通ったのは今日が初めて。こんなところがあるなんて、全然知らなかった。なんか不思議なところね……。それに、この階段も面白いわねえ……」

そして由々は屈みこむように写真を覗きながら、いい写真ねと言った。

「……あ、よかったら、どうぞ……」

龍彦はリュックを一段上におくと、からだをずらした。

「いい？」

由々は、龍彦の隣に腰を下ろした。駿と並んだときのような初々しさが伝わってくる。かすかに掠《かす》めた汗の匂いも、若者らしい。

若者がいるのに気づいたとき、由々は、龍彦ならいいのにと思っていたのだ。それなのに、ほんとうに龍彦だとわかると、まるでわかりきっていたことのように、しらっと冷静になる心の動きは何なのだろう……。

由々は、龍彦がわたしてくれた写真集を膝にのせて目の前の光景と見比べた。

写真には、階段に沿って湾曲する鉄の手摺《てすり》の向こう側に、二筋ほど蔦《つた》が這った白壁のモルタルの家が写っていた。だが今、階段の手摺はすっかり錆《さ》び、その同じ家は、緑の館さながらに、すっぽり蔦に覆われている。建て替えることもないまま、時と蔦とが家を包みこむのにまかせていたのだろう。とはいえ、古くなったはずの建物に絡みつく蔦が、かすかに風に揺れながら、青々として、まさに今を生きているのに比べて、本の中のモノクロの光景は、若々しい時代のはずなのに、やはり時の向こう側に佇んでいるのだった。くっきりしていると同時に、ぼうっと柔らかく。

新しいものと古いもの、若い〈時〉と老いた〈時〉とが、くにゃりと捩《ねじ》れて逆転したような、妙な感覚に包まれていく……。

「山沿いの狭い道ばかり撮った写真集なので、どこなのか探して歩いてみてたんです。この写真、ここですよね。やっと見つけました」

メモ帳を手にしているのは、そのためだったのだろう。

「ほんと、よく見つけられたわねえ。ほかはどんなとこがあるの？」

ページを繰ると、ここはどこと、すぐに言い当てられる小道もあれば、ついさっき由々が通り抜けたばかりの道もあった。どの写真も、みな、ぼうっと柔らかい。なんと、あの、おばあさんの家に至る細い段々の路地も写っているではないか。

この写真家もまた、さっきまでの自分のように、怪しい人物よろしく、さまざまな路地や階段を、おもしろがって、うきうきと辿っていたのだろうか。

隣で、龍彦が静かに言った。

「……入っていきたくなるし、行けるような気がしてくるんです。人が一人も写っていないのに、寂しい感じがまったくしないし……。わくわくしながらファインダーを覗いてる感じが、写真に表われるのかもしれませんね」

「……ああきっとそうなのね。この写真の中の階段、降りてみたくなるわね……」

さっきしらっと冷静になったのは、龍彦だったことの驚きに気持ちが追いつかなかったせいだった。追いついてくるにつれ、出会えた嬉しさが、ゆっくり満ちてくる。この、煉瓦塀の中の通りの奥には、やっぱりちゃんと素敵なものが待っていたのだ。龍彦がいて、こんな素敵な写真集を見せてくれたのだから。よかった、あのまま家に帰ってしまわなくて……。

「何て方なの？　この写真家」

そう言いながら表紙を見た由々は、あ……っと息をのんだ。

「あ、ご存知でしたか？　そうですよね、ここの写真家ですものね。去年、東京で写真展があったときにいったら、ちょうどいらしてたんですが、穏やかで感じのいい方でした。

品のいい、白髪《はくはつ》のおじいさんというような」

「おじいさん？　そうだったの……」

そりゃあそうだ。おじいさんになっているに決まっている。品のいい白髪の、というところは、それよりもっと意外だったが。

『故郷の小道――あおいゆたか写真集』の扉をめくった最初のページには、写真家の言葉が載っていた。

〈知らない小道をみつけて入り込んでいくとき、ぼくらはドキドキし、言葉すくなになり、進んでいくにつれて、心細く不安になった。でも道は必ずどこかに続いていて、初めて見る景色が待っていてくれた〉

そして文末に撮影年月が記されていた。そっと計算してみる。四十六年前。わたしは十一……。あ……あのときだ……。この一連の写真は、あのときの滞在中に撮ったものにちがいなかった。重たいカメラを提げ、この界隈をわたしのようにぶらぶらしながら、あのもしゃもしゃした〈あおいゆたか〉さんは、いっしょうけんめい、シャッターを押しつづけたのだろう。あの同じ夏に、あの路地を写していたなんて……。でも、ほんとうなんだろうか。穏やかで感じがよくて、品がいいだなんて。

由々は思いきって話した。

「わたし、小学生のとき、この人の写真展をたまたま覗いたことがあるの。外国の村の写真……。写してきた、すぐ後だったみたい……」

ちょっと驚いたように、龍彦が尋ねた。

「チェコの村で、みんな盛装してお祝いしてる写真でしょうか？」

「そう。野良犬なんかもいるの」

すると龍彦は、まるで尊敬するかのように――それとも、生きた化石でも見るような思いだったのだろうか――由々を見てから、

「『東欧の村で』っていう写真集になってるものだと思います。すごいですね、最初の写真展をリアルタイムでご覧になったなんて」

と声をはずませた。そして、

「あの写真もいいですよねえ、犬までも溶け込んでて、なんかすごく幸せな感じがこっちにまで伝わってきて……」

とつぶやき、遠くを見やった。あの宴の光景を、そこに今、見ているように。

（わかる……。だってあの時、ちょうどそんなふうに思いながらわたしもあの人たちの笑った顔、見てたんだもの……）

由々は、龍彦のほっそりとした横顔を見た。素直な、気持ちのいい子だなあと思いなが

ら。龍彦は、由々のほうを向くと、微笑みかけるように言った。

「お会いしたあおいさんて、写真から受ける感じそのものでした。あたたかくてやさしくて……生き生きとした方でした」

由々は一瞬押し黙ってから、ようやく、

「ふうん……」

と声をもらした。

つい何日か前に、あの建物の前で、改めて記憶を呼び覚ましたせいだろう。画廊の中で小さな男の子と目を合わせながら、気持ちが沈んでいったときの感情は、遠い昔のものではなく、すぐに思い出せるものになっていた。

でも……でも……。教室の窓から抜け出そうとして叱られた過去のエピソードを、画廊で旧友に懐かしく語ったからって、なにも蛇蝎《だかつ》のごとく嫌わなくともよかったのではないか。いたのが子どもだったから遠慮なしに振る舞ったにちがいなく、それはたしかに無遠慮なことではあったとしても、あの感情は、さすがに、十一歳の少女的狭隘《きょうあい》というべきものだったのではないか。そう、ほんとうにそうだ……。

いったんそう思ってみると、長年の呪縛が解けたように、由々は、〈あおいゆたか〉さんに対して、すとんと寛容になった。そして何だか滑稽になった。膝の上の『故郷の小道』が、ぐんと親しさを増す。

きっと〈あおいゆたか〉さんは、龍彦の言うとおりの人なのだ……。こんな道をわざと選び、こんなに素敵に撮った人なのだから……。

「そうだったのねえ……」

由々は、思わずぐうんと背筋をのばし、両手を頭の後ろで組みながら空を仰いだ。ずっと苦手に思っていた、同郷の写真家のことを、ようやく今、初めて、好きだと思った。

「え？」

龍彦が不思議そうな目で由々を見た。

「ううん、何でもないの……」

由々は龍彦に笑顔を向けながら、ゆっくり首を振った。

10

由々と龍彦は、暮れなずむ静かな山麓界隈を並んで歩いた。

前のほうから、青い夏服姿の腰をかがめた小さな老女と、甚平を着た幼い子が、「はーいはい、よっこらしょ」「よっこらちょ」と言いながら道のまん中をゆっくり歩いてきた。

幼い男の子が、由々を見上げて、にっこりした。まあ可愛い……と言いながら、由々もにっこり微笑みを返す。

「ばい、ばい」

男の子は、由々に向かって嬉しそうに、ぷくぷくした小さな手を振った。

由々と龍彦は立ち止まって、通り過ぎていく二人の後ろ姿を見やった。それはまるで懐かしい絵のようだった。あの遠い夏の日、あの小さな公園で、幼い女の子を不安にさせたときのバツの悪さが、ふと頭をかすめたが、この幸せな光景に練り込まれ、消えていった。

「写真に撮りたくなるようね」

「ああ、ちゃんとしたカメラ持ってくれば……」

龍彦はひどく残念そうに髪をかきむしってから、あ、でもこれでも、とスマホを出し、コポッというような音をたててシャッターを切った。

「あ、まあまあかな……。モノクロにすると……あ、いいですよ」

嬉しそうに差しだされたスマホに由々はそっと顔を近づけた。

「……わあ、いいわねえ」

小さな画面の中に、〈今〉という時間がぴたりと止まり、美しいまま閉じ込められていた。豆粒のようになって去っていく老女と幼な子の二人づれは、すでにもう写真の中の〈今〉から離れてたゆたっていくというのに……。

龍彦が声をあげた。

「あ、由々さん、そういえばここ……」

龍彦はスマホをしまうと、すぐそばの路肩から上へとつづいている翳った細い坂道を示し、胸の前に抱えていたリュックから写真集を取り出して急いでページを繰った。

「ほら、ちょうどここから見たこの道です」

ふたたび一緒に写真集を覗きこみながら、由々は、たった今、龍彦に、〈由々さん〉と呼ばれたことを思っていた。

写真の中の、切通し状の細い坂道の右壁面は、ゆるく湾曲した灰色の石垣で固められ、その上に鉄柵に囲まれた白っぽい家をのせていた。左壁面は土のままで、削られた地表から生え出た草木が大きく伸び、繁ってたわんだ枝々が、ふさふさと、坂道の上に覆《おお》い被《かぶ》さっていた。切通しのその坂道はいったいどこにつづいているのだろう。入り込んでいきたくなる……。

モノクロの写真から目を上げると、そっくりそのままの光景が、いくらか色を得て、すぐそこにあった。弧を描いてしなだれる屋根のような濃緑《こみどり》の枝々のせいで、ただでさえ薄暗い夕暮れの小道は、いっそう翳り、まるでトンネルのようだ。

「ここ、何にも変わってないのね……。まるで時間から置いてけぼりをくったみたい。あの柵も、あの白い家も……」

由々は目の前の道と写真とを見比べて驚いた。木の繁りぐあいさえ同じに見える。

「……ここだけ、少しも時間がたたなかったみたいですよね」

ひそめたような声で龍彦がいった。由々もひそめた声になる。

「そうね。壊れた時計みたいに、ぴたって、止まっていたんだったらおもしろいわね……」

龍彦を見上げると、夕闇の中の龍彦は、あの縁側の〈タツヒコさん〉そのものに見えた……。すっかり忘れてしまったけれど、〈タツヒコさん〉は、たしかにこんなふうだった……。

由々は、あのときの〈ゆゆ〉になった気がした。『十五少年漂流記』を手にした〈タツヒコさん〉を見上げていた、五年生の〈ゆゆ〉に。あの縁側のあの時間が、もう一度訪れることなど、あり得ないと思っていたのに……。

「ここ、上ってってみませんか?」

龍彦が、冒険好きな少年のように言った。

「え?……ああ、そうねえ……」

由々は我に返り、頷いた。歩いてみるだけのことなのに、思いもよらなかった冒険をするようで、わくわくした。

「どこに出るのかしら……。写真集の〈まえがき〉にあったわね。初めて見る景色が待っていてくれたって」

「ありましたね。どんな景色か楽しみですね」

二人は、木々に覆われた、薄暗くしんとした坂道を上りはじめた。細いようでも、二人がゆったり並んで歩けるほどのその坂道は、ゆるやかに右に曲がりながら上に伸びていた。

ゆっくり、静かに、歩を進める。

〈知らない小道をみつけて入り込んでいくとき、ぼくらはドキドキし、言葉すくなになり、進んでいくにつれて、心細く不安になった……〉

〈あおいゆたか〉さんの言葉を思い出す。でも由々は、心細くも不安でもなかった。止まっていた時間の中に入り込んでいく感覚の不思議さに、すっぽりとくるまれているだけだった……。〈タツヒコさん〉と並んで歩く。それを夢想したことはなかったけれど、それは心の奥底で求めていたような質の時間だった。そうだった……と、由々は思い出す。特別の仲良しといっしょに緑の枝を掻き分け掻き分け、奥へすすんでいくという空想が大好きだったことを……。

由々は仰向いて、覆いかぶさった梢を眺めた。昼間であれば、まぶしい木漏れ日が地面に美しいまだら模様を描いただろう。だが今、頭上に広がる、繁る葉の輪郭とその隙間から覗く空が作る、黒と青紫のレース模様の優美さに、由々は息をのまずにいられなかった。昼と夜とがゆっくり入れ替わる、暮れる前のほんの短い時間にだけ自然が見せてくれる美しさが、ひそやかに囁《ささや》き交わしながら、この場所に集《つど》ったかのようだった。今生まれたばかりの夕風が、しゃらしゃらとかすかな音をたててレース模様の絵柄を揺らし、静止した世界が生きていることを不意に思い出させる……。

上りきった先は、家々が並ぶ、ごく日常的な通りにすぎなかった。ああ、今までかけられていた魔法が、すっと消えてしまった……と、由々が思ったとき、

「あ……」

と、龍彦が声をもらした。

由々は龍彦をまねて後ろを向いた。

鉄柵に囲まれた白い家の庭木の間から、すみれ色に染まった眼下の街が、遠くに覗いていたのだった。あちらこちらにぽつぽつと点された灯りは、まるで、ぼうっとした光の玉をまき散らしたようだ。消えてしまったと思った魔法は、町を浸すように、柔かく広がっていたのだ……。海岸線に沿って光のリボンがぼんやりと弧を描き、それを境に、藍色の海が、静かにたぷたぷと、広がっていく。

庭木に縁どられた遠くの光景は、その時、その場所からだけ見ることのできた、舞台の中の、奇跡的な一場面のようだった。

手を伸ばせば触れる近さにいる〈タツヒコさん〉と、その光景を見ている。そこに凝縮された〈貴さ〉とでもいうべきものに、心は追いつかず、またどんな言葉も、追いつかない……。

(やっぱりそうだったじゃないの……)

あの遠い夏の日の夜、〈ゆゆ〉は一人、部屋の鏡に向かい、思っていたのだ。自分には、心の深いところでつながっている〈タツヒコさん〉がいる。交わした言葉は多くはなかったけれど、二時間びっしり勉強を習ったなでさえ、到底およばない深いところで、〈タツヒコさん〉と、つながっているのだと。

「写真集の言葉どおりでしたね。〈……道は必ずどこかに続いていて、初めて見る景色が待っていてくれた〉って、書いてありましたよね」

落ち着いた声で龍彦が言い、にこっと笑った。

「……あ、ほんとにそう、そうね……」

由々は我に返り、あわてて答えた。

どこではしゃいでいるのか、遠い空から、翻《ひるがえ》るリボンのような細く高い子どもたちの声が流れてきて、響きわたった。

それを機に、ふたりは踵《きびす》を返し、家々の前の通りを歩きだした。

通りを抜けると、傾斜のゆるい、広々とした坂道に出た。

道をわたった向こう側の街路樹の下を、ほっそりとした女の子たちが、影絵芝居のような黒いシルエットになって駆けているのが見えた。紫色のたそがれの中で、それが時にキラッと光りながら、笑い声を上げる。坂の上に建つとんがり屋根の一軒家から、新たに次つぎと、飛びだしてきては、駆けはじめる。バレエのレッスンがすんだところなのだろう。どの子も解放されたように軽やかで、夕空を渡って彼方まで届く透明な声でふざけあいながら、軽やかに坂を下りていく。羽を光らせながら飛び回る妖精たちのようだった。

キャハ……キャハハハハ……キャララ……キャララ……。

「可愛いわねえ」

「可愛いですねえ、小学生……。ぼくは高校の先生になろうと思ってたんですけど」

歩きながら、龍彦はぽつぽつと、自分のことを話した。村岡さんからすでに少し聞いていた話ではあったけれど、由々は心地よく耳を傾けた。今年、採用されなかったため塾でバイトをしていたけれど、クラスが併合されてポストがなくなったので、暑い東京にいるよりもと、村岡さんのところに滞在しているのだ、というようなことを。

「叔父と気が合うので、楽しいし……」

「そうでしょうね。わたしも村岡さんと仲良しよ……」

電車通りまで下りていこうとしたとき、山の中腹にある瀟洒なレストランが目に留まった。この前、最後に駿が帰省したとき、行こう行こうと言いながら、結局行きそびれた店だった。

由々は龍彦を夕食に誘った。

やわらかな白熱灯が室内全体をほんのり包む、古風な趣のある〈かささぎ亭〉の窓際のテーブルで、二人は、さまざまなオードブルを食べながらワインを飲んだ。ほどよく間隔をあけておかれたテーブルはほとんど埋まっていて、和やかな会話と笑い声が、静かに流れる弦楽器の音色とともに、あたりにたなびいていた。

由々たちのテーブルからも同じように話し声が立ち昇る。

〈あおいゆたか〉さんの写真集のことが語られ……この町の風景のことが語られ……共に読んだ本のことが語られる……。『十五少年漂流記』が語られ、スラウギ号やチェアマン島の名が出ると、由々はあの縁側に帰っていく……。

ふたりともが、ふっと押し黙ることもあった。それでも、ふしぎなほど気まずい感じがしないのだった。

テーブル横の出窓に敷かれた織物が目に入ったからだろうか。沈黙のあとで龍彦が言った。

「つい最近、叔父のところにあった『ドリスコルさん』を読みました」

そして龍彦は、ドリスコルさんが仕事を終えて帰途につくシーンの描写が美しかったと言った。藤色のブラウスをだらしなく着たドリスコルさんが、まぶしそうに西陽を見ながら歩く遠い先に、切り絵のようなプラタナスのシルエットが見えるところ……。ドリスコルさんのもしゃもしゃした髪に陽があたって顔の周りに金色の焔《ほのお》がゆらめいているようだというところ……。

「一日の仕事を終えたゆったりした満足感や疲労感が、きもちよく満ちている感じがして、好きでした」

龍彦もまた、そういうところに喜びを感じながら小説を読むのだと知り、由々は嬉しかった。

「もちろん、作品全体がよかったのですが」

そして龍彦は、自分の仕事をたんたんとつづけ、深めていき、そこに喜びを見出していった人というのは、自分の人生の主人公になれたということなのだろうという、〈あとがき〉の一文に触れた。

いろんな事情で出版が遅れ、出たのは、一昨年だったが、訳稿を完成させていたのは、数年も前だった。自分の場合は、カテリーナ・ドリスコルのように、仕事に向き合ってきたとは到底いえないと恥じ入りながら、溜め息をつきつき訳していったことを思い出す。

〈主人公になれた〉という表現も、由々自身のものではなく、原作に寄せられたレビューの一節を紹介する形で書いたものだった。

「ずうっとお仕事をされてきた由々さんも、そうなんでしょうね」

少し顔を傾けたやさしい表情で、龍彦は言った。

「えっ、まさか。だって……だってわたし、いつまでたっても駆け出しなんだもの……」

由々は、あわてて首を振った。

「……何言ってるんですか」

呆れたような龍彦の目に出会って、由々はぱちぱちと目をしばたたいた。

「……え？　あ、そうかもね……。いい齢《とし》をしてバカみたいね」

その言葉を否定もせずに笑っている龍彦を見て、由々は軽い衝撃を受けた。たしかに、二十二、三の若者からしたら、五十代というのは、いつ辿りつくとも知れない遥か彼方の年齢だろう。しかも一つの仕事をずっとやり続けてきた人というだけで、経験を積み、多くを体得して、ずっと前を行くもののように映るのだろう。

実状との乖離《かいり》に赤面しそうになるが、龍彦の落ち着いた快活さに、由々はまたすぐに染まっていき、会話と沈黙が、自然につづいていく……。

気づくと、店の半分以上の客はもう席を立っていた。

「……わたしたち、けっこうワイン飲んだわね」

「ほんとですね。そういえばアンヌたちも、よく飲んでいましたね」

「……ああ、『モデラート・カンタービレ』の？　そうそう。ひどく飲んでたわね、ふしぎな会話をしながらね……」

それは、アンヌがカフェでぶどう酒を飲みながら男と交わす会話のことだった。彼女は吸い寄せられるように、海岸沿いのカフェを訪れては、そこにいつも来ている男と親密の度を深めていくのだ。まだ陽のある頃から、ほかの客がみな帰ったあとまでも、グラスを傾け、ぽつらぽつらと奇妙な言葉を交わしながら。とはいえ、中心になる会話がないわけではない。アンヌと男は、まさにそのカフェで悲鳴をあげながら殺されていった女と、殺した男について、執拗にぐるぐると語りつづけるのだ。小さな息子を外で遊ばせたまま——。

ワイングラスの柄をにぎりながら、龍彦が、難しいことでも考えるように、眉を少しひそめながら言った。

「アンヌの人生ときたら、ドリスコルさんの対極でしたね。裕福で暇を持て余していて、実体がない毎日で、空虚で、不穏で……。でも、あの小説は、とても魅力的でした。雰囲気が独特で、第一きれいで、まるで詩のようでしたね。すっきりとわかるようなものじゃなくて……」

由々は組んだ両手の上に顎をのせて、龍彦を見ながらぼんやり思う。ほんとにそのとおりね……。でも、日常の奥に穿《うが》たれている漠とした倦怠《けんたい》に耐えているような感覚だけは、学生のときにも、もう何となくわかっていた……。それは、わたしがアンヌみたいな心を抱えていたってことだったのかしら？　だれかここからわたしを連れ出してって、思っていたのかしら？　ううん、そんなことは特になかったはず。だけど……だけど……心の奥底ではどうだったんだろう。もしかしたら、そうだったのかしら？　そして今も思っているのかしら？　ううん、そんなことはたぶん、ない……ないと思う。でも、閉じ込められていた気がする……。でも、そうだとしたら、閉じ込めたのは、わたし自身のほかに、だれがいるの……？

龍彦が、ワイングラスの縁を指先で丸くなぞりながらぽつんと言う。

「……アンヌと男の子のやりとりが好きだったな。ほら、アンヌが遅くまでぶどう酒を飲んで、暗くなってから帰るシーンがありますよね。『夜はうちが遠く見えるね』って、その子がいうところ。海沿いの道をずうっと歩いていくんですよね。あそこ、夜の空気感とか、湿度とか温度とかまで伝わってくるみたいでした……」

「ああ、あそこ……。あの子がとっても可愛いかった。あそこはほんとにいいシーンだったな……」

そういうことを話す龍彦が愛《いと》おしく見える。由々は男の子を連れたアンヌになったような錯覚を覚える。よく駿を連れて、ぶらぶらと人けのない夜道を歩いていたっけ……。でも今このとき、男の子というのは駿ではなく龍彦に思えてくる……。そして、切通しの坂道を並んで歩いたさっきの、夕間暮れと重なってくる……。

11

ゆうべのワインのせいで、まだいくらか頭が重かったけれど、陽がたっぷり差し込んだ市電の中で、由々の心は羽が生えたように軽く柔らかだった。

鼻歌まじりにクローゼットの中を掻き分け、〈黄の花のワンピース〉を取りだして着てきた由々は、ほとんどだれもいない車内の座席のはじに足を組んですわり、窓から吹き込む風に吹かれながら、向かい側の窓の向こうを流れていく景色をぼんやり見ていた。本を開く気にはなれなかった。足をぶらつかせるたび、ヒールのあるサンダルが、裸足《はだし》のかかとから離れては当たる、かぽんかぽんという軽い感触が心地よい。

由々は、煉瓦塀に囲まれた一郭を思い出し、家々の間を縫うようにして入り込んでいったあとの足取りをおさらいしていた。――その先にいた若者がほんとうに龍彦だったことの驚きと嬉しさ……。並んですわりながら見た、あの写真集と蔦に覆われた家……。夕暮れの中の老女と幼な子……。ああ、そして仄暗《ほのぐら》い、切通しの道……いきなり開けた眼下の眺め……。バレエ教室から出てきた妖精のような子どもたち……。〈かささぎ亭〉でのとりとめのないお喋りと沈黙……。

座席のはじの手摺《てすり》に肘をついてもたれ、しどけなく頬杖をつきながら、龍彦の顔を思い出そうとしてみる。でもつい昨日の真新しい記憶だというのに、思い出そうとすればするほど、それは曖昧で、像を結ぼうとしないのはどうしてなのだろう……。

いつのまにか乗客が増えていたことに気づいた由々は、ハッとして組んでいた足を戻し、すわり直した。

どこが痛い、ここが痛い、久保田さんはよくないけれど、会田整形はいい……。年配の女性たちの話す声がどこからか聞こえてくる。向かいの席では、六十代半ばだろうか、きちんとした身なりの二人づれが、丁寧な言葉づかいで懸命に相談している。お花は花束より、アレンジメントのほうが、先生、お楽かしらね……。何某先生の喜寿のお祝いの段取りらしい。みな、それぞれの年ごろに降りかかる日々のとらわれ事にぴたりと即して、今という時間を着々と歩んでいる。

背を伸ばしてきちんとすわりながらも、由々は、そんな人びとの外側で、自分だけはふんわり軽い見えない綿にくるまれて、ぷかん、くるり……と、宙をころがっているような感覚に包まれていた。

繁華街で大勢が降りた。からんとなった座席で、ゆゆはまた足を組む。そして、気怠いような大儀な気分の中で、流れていく窓外の景色をゆったり眺めながら、口の中で小さく、ディアベリのソナチネのメロディーを歌い、ゆっくりまばたきし、甘美な風に吹かれつづける……。

電車を降りた由々は、坂道の途中に立つポストに郵便物を投函したついでに、くるっと後ろを向いた。明るい水色の海がきらめきながら広がっていた。大きく息を吸うと、幸福感がいっしょに胸までもせり上がってきた。

由々は今、まるで何かが決壊したようなすがすがしさに包まれていた。こんなに清々することが可能だったなんて……。

（わたしはヘンクツでもないし、モデラートでもない……。ましてアンヌ・デバレードの、虚ろなんか！）

旅芸人の一座と共に森をぬけ、野イチゴを食べ、丘を越えた、短編の中の、若き日の老女の冒険が、ありありと見える。一座が揃って海を見たときは、きっと抜けるような青空だったにちがいない。だれもが生き生きしていて、怖いものなんか何もなかったにちがいない。暮らしに疲れた主婦ローザに寄り添い、一定の理解を示しているつもりで訳していたときと今とでは、作品に対する感じ方が、何とちがうのだろう。

突然、未来が、広く広がって見えた。眼下に広がる美しい海のように。由々は、怖れることなく未来を望んだ。

（ああ、どうしてこんなに嬉しいんだろう……）

それは、人生の半ばを過ぎた人たちが、さてこの先、いかに有意義に生きていこうかと思案するのとは、質がまったく異なっていた。由々は、何ひとつ考えることなく、ぼうっと明るむ未来に、阿呆のように胸をはずませたのだ。そんな態度の是非について考えてみる気は微塵《みじん》もなかった。ただ一つ、客観的に自分を見る目が残っていた証《あかし》として挙げられることがあるとしたら、ふたたび坂道を上っていきながら、

「何だかわたし、パレアナになったみたい」

と、つぶやいたことくらいだろう。もっとも、そうつぶやいたのは、〈由々〉ではなく、〈ゆゆ〉だったのかもしれない。〈多幸症〉の誹《そし》りを受けかねないほど、あらゆるものに幸を見出す少女の物語『少女パレアナ』も、あの頃の〈ゆゆ〉の好きな本だった。

その後の四、五日、由々はこまごまとした買い物をした。鮮やかな色の口紅とマニキュア、オー・ド・パルファム、豚毛のヘアブラシ、そして口紅と同じ色のサンダルとトート

バッグを……。

そんなものを求めてデパートを浮遊しつづけているあいだ、まるで鎌鼬《かまいたち》に会ったように、何度かヒリッと、かすり傷の痛みを心に感じることがあった。もっとも、弾む気持ちにひと撫《な》でされただけで、痛みは消えてしまうのだったが。

――とはいえ、鎌鼬の正体にまったく心当たりがないわけではなかった。辞書から顔を上げ、眉をひそめるようにしてこちらを見つめる、化粧っ気のない自分だった。〈いったい何やってるのよ?〉と冷たい声で問いかける自分……。そしてもうひとつの正体。あろうことか、それは龍彦の未来の幻影だった。それらがかすかにしゅっと脳裏を通り過ぎては、心にかすり傷をつけるのだ……。だが、それら鼬《いたち》のしっぽを捕まえて、しかと向き合う気力は湧かない。そもそも、夕暮れの散歩や〈かささぎ亭〉の光景が視野の中をちらちらするし、目をひく色あざやかな装飾品が、かすかな痛みをさっと拭き払ってくれたから……。

由々は、仕事場でも家でも、好きな音楽をかけ、よく笑った。

そんなある夜のことだった。

由々は、軽快なテレマンの協奏曲を聴きながら、自宅のソファーで、たまったダイレクトメールに目を通していた。いつ届いていたものか、よく行くミニシアターからの案内が混じっていた。封筒から取り出した折り畳まれた印刷物をパタパタと開いていく。

「あ……」

由々はソファーから身を起こした。フランス映画週間という枠の中に小さく写っていたのは、若く美しいジャンヌ・モローだった。同じ写真を見た……。どこでだったろう。そうだ、龍彦が古本屋で買ったという文庫版の『モデラート・カンタービレ』の表紙だ……。〈雨のしのび逢い〉という文字が目に入る。しばしば〈雨のシーンがないのになぜか〉という枕詞とともに語られるタイトルだ。

(そういえば、〈雨のしのび逢い〉って、『モデラート・カンタービレ』だったんだ……)

由々は目を見開いて上映日を確かめた。一日一回、七夜にわたって往年のフランス映画を日替わりで上映するという企画があったことを今まで知らずにいたことが悔やまれる。

「やだ、今日じゃない……」

時計を見ると、今から駆けつければどうにか間に合う時間だった。

由々は、上着とバッグをつかむと、書斎のドアをあけ、

「わたし、これから波止場座に行ってくる!」

と寛夫の背中に向かって叫ぶと、返事を聞く間も惜しむように家をとびだした。

表通りまで駆けてタクシーをつかまえた由々は、荒い息のまま考えた。龍彦に知らせる方法はないだろうかと。老女と幼な子の写真を転送してもらうのを忘れたことにあのあと気づいた由々は、今度、村岡さんを通して龍彦に送ってくれるよう頼んでもらおうと思っていたのだ。すぐそうしていれば連絡先もわかっただろうに、まるで我慢を楽しむかのように、〈村岡珈琲〉に行くのを控えていたことが悔やまれる。よりによって『モデラート・カンタービレ』が、今、この町の場末の映画館でかかるなんて、何という偶然だろう。何とかして龍彦に伝えたい、そしていっしょに見たいと由々は思った。「行く?」と、上辺だけでも寛夫に声をかけなかったのも、龍彦以外の同伴者など、思いつきもしなかったからだ。

(村岡さんとこに電話すれば、携帯の番号、教えてもらえるかな……。やだ、今日、あそこお休みだ……)

由々はあきらめて座席で溜め息をついた。タクシーはやたらと信号にひっかかった。自分さえ、九時スタートの上映に遅れるのは必至だった。

港に近いビルの地下一階に〈波止場座〉は入っていた。タクシーを降りた由々は、仄暗い階段を駆け下りた。

分厚く重いドアをそっと押し開け、始まって間もない暗闇の館内に滑り込んだ由々の目に、グレイの濃淡の画面が正面からとびこむ。ピアノの前で小さな少年がそわそわしている。いきなり、ディアベリのソナチネがせわしなく奏でられ、止まる。怖い顔をした中年のピアノ教師が威嚇《いかく》するようなフランス語で何か懸命に尋ねている。モデラトカンタビレ……少年がたどたどしく答える……。

由々は足音をしのばせ、最後列の端の席にそっとすわった。レイトショーだというのに、座席はかなり埋まっているらしい。頭の輪郭が黒々と列をなしている。

ピアノから少し離れた椅子に、ゆったりとすわるジャンヌ・モロー。にっこり微笑んだとたん、不機嫌さが消え、どこまでも甘い母親の顔になる。

やがて悲鳴が響き渡り、レッスン室の三人は窓に駆け寄って外を覗く……。物語は進行していく。

人だかりのするカフェ。レッスン帰りのアンヌが人垣を掻《か》きわけて中をのぞくと、そこにはまだ、殺された女と、自分が殺したその女に愛《いと》おしそうにすがりつく男とが横たわっているのだった。やがて駆けつける警官たち。連行される男……。衝撃を受けるアンヌ……。

その日を境に、アンヌはそのカフェを訪れ始める。ジャン＝ポール・ベルモンドが演じるカフェの常連の男との出会い。小説の枠《わく》を越え、暗闇の木立をさまようように逢引きする二人。あえかな喜びとためらい……。大きな鉄柵に囲まれた敷地の奥に建つアンヌが暮らす大邸宅……。催されるディナー。木蓮の花を胸に飾ったアンヌの放心した眼差し。その不作法に対する一同の目配せ。息子のベッドの傍らで嘔吐《おうと》するかのように蹲《うずくま》るアンヌ……。つねに重い雲におおわれたような灰色か、でなければ漆黒の闇。どこもかしこも寂しく、虚ろで、倦《う》んでいる。ディアベリのソナチネの緩徐《かんじょ》楽章が、重く切なく垂れ込めるように流れていく……。

小説では抑えられていたアンヌの恋心が浮き彫りにされた分、悲痛だったけれど、由々は堪能した。龍彦が見たなら、どんな感想をもっただろう……。アンヌと並んで歩く幼い息子が、「夜はうちが遠く見えるね」とつぶやく、あのシーンがなかったことを、残念がっただろうか……。そして場内が明るくなった。

(えっ?)

由々の席からは、館内を見渡すことができた。由々の目が偶然とらえたのは、前の方に二人並んだ若い男女の姿だった。二人は言葉を交わしながら、座席からゆっくりと立ち上がったところだった。見まちがいではない。すらりとした若者は龍彦。そして若い女性は、遠目にも可愛らしい人だった。

出口にいちばん近いところにいたのを幸いに、由々はすばやくそこを出た。

12

〈波止場座〉を出た由々は、表通りに向かう人びとの流れと反対に、街灯の周辺だけがぼんやり明るむ海岸沿いの石畳の上を、ぼんやり、コツコツと歩いた。まるで今見終えたばかりの、寂しく虚ろで倦んだ漆黒の世界が、画面の外へと滲み出し、墨のように辺りを浸しながら背後からゆっくり押し寄せてくるようだった。

波が岸壁に打ち寄せる音が、ちゃぷんっ、ちゃぷんっと夜のしじまに冷たく響く。気づけば、だれであれ、こんな時間に一人で歩くべきではないというような場所までも、由々は歩いてきたのだった。辺りに人影は一つとしてなく、うち棄てられた倉庫の黒い塊りだけが、暗闇に沈んでいる。

由々は突然不安になり、少しでも人通りのある通りへ出ようと小走りに駆けた。がらんとした暗い通りの向こうから、ちょうど一台、空車のタクシーが走ってきた。手を挙げて乗り込むと、由々は、家の住所を告げかけてから、あ、やっぱり……と、仕事場の住所を伝えた。

煉瓦のビルの錆びた表扉《おもて》を開け、狭いエレベーターに乗り込み、ゆっくりガタンガタンと五階まで昇ったあと、親しみ深い部屋に入り込むと、由々は電気も点さず、ソファーの端に腰を下ろした。

どこかの非常灯だろうか。切れかけた蛍光灯の薄緑色の力弱い光が、レースのカーテン越しに入り込み、床の上でたえずほよほよと落ち着きなく揺らめきつづけた。その灯りにぼんやり浮かび上がる家具もほよほよとまだらに震えて見える……。うら寂しい光は、いつ果てるともなく、無音の中でじりじりいらいらと明滅しつづけた。

(あ、どうしよう。電話しなきゃ……)

由々はようやく寛夫に電話をかけ、今日は仕事をすることにしたから帰らないと告げた。

それから重いからだを引きずるようにして立ち上がり、ピアノの蓋《ふた》をあけると、電気スタンドの下、映画の中で流れつづけていたソナチネ——何度もくちずさんだへ長調のあの明るい章ではなく、重く切ない卜短調の楽章を、映画をまねて、ゆっくり、ゆっくり、繰り返し、繰り返し、たどった。

(……かわいそうな、なな……。わたし、見なくてよかった……)

ふっと、そんなことが思い浮かんだ。〈タツヒコさん〉が敦子さんと連れ立って歩いているのを見かけたという〈なな〉を、どうして羨んだりしたのだろう。見なくてよかったと思っているのに、由々はもうすでに、自分が〈なな〉と並び、〈タツヒコさん〉と敦子さんを暗闇の木立の向こうに見つけて、呆然としている錯覚にとらわれていた。思わず手を伸ばし、〈なな〉の手をぎゅうっとにぎった自分は、十一歳の〈ゆゆ〉だ。〈ゆゆ〉の胸は、これまで知らなかった痛みにきりきりし、喉が苦しくなって、唾を飲みこむ……。

十二時になろうとしていた。仕事をすると言ったのだから、どうしても仕事をしなくてはと由々は思った。

パソコンを立ち上げ、必死で訳文に目をこらす。仕事とはありがたいものだ。好きも嫌いもなく、たんたんと目の前のものをこなしていくうちに、それだけが力を傾注すべき唯一の対象になり、ざわざわした雑念は濾過《ろか》されて、仕事そのものがはらむ良し悪しの基準や問題点にのみ意識が向かっていく……。

由々はその夜、一晩中仕事をしつづけ、いちばん最後のページまで、すっかり検討し終えたのだった。読みでのある短編集を一冊、完全に仕上げたということだ。丁寧な仕事をしたという達成感が、かろうじて湧きあがる。

東の空が徐々に明けてくる時間だった。徹夜で仕事をしたのは、ディアベリの楽譜を開いてソナチネを弾いた、あの日以来だった。

由々は、立ち上がり、あの日のように小窓を左右に開き、大きく息をついた。港の方から、バタバタバタバタバタ……という船のエンジン音がかすかに届く。出ていく小船も見える。白々として色彩のない海の上を、今日もまたカモメがアーアーと鳴きながら、舞っていた。あの時と今と……。いったい何が起こり、何が変わったのか。特に何も起こらず、何も変わってはいないはず。自分の内側を除いては……。

そうやってじっとしていると、心の奥の暗く深いところから、冷たいひそひそ声が湧いてきた。羽虫のたてる唸りよりもまだかすかなノイズのように、コショコショシーシーとささやく声。それは、これまでかすかに聞こえそうになるたび、けっして言葉にはさせまいとして無意識のうちに押し止《とど》めてきた声だった。でも、徹夜仕事を終えた後、その声を抑える力は働かなかった。

声に勝手に語らせたまま、由々は無色の世界とぼんやり向きあっていた。

《……ソリャアタシカニ、タイシタ偶然ダッタワヨ。アノワンピースヲ着テルトキニ、タツヒコッテ名前ノ青年ニ会ッタノダシ、ソノ青年ハ『十五少年』ヲ読ンデタノダカラ。ダケド、アンタガソレニ飛ビツイテ、〈タツヒコサン〉ノ再来ダナンテイウ、オモシロイ物語ヲ創リ出シタンデショウ？　ソシテ物語ノ中ニ、自分カラ飛ビ込ンデイッタンデショウ？　ソコニ浸ルコトデ、マタトナイ華ヤギヲ得テ、自分ノ中ノヒソカナ虚ロヲ、埋メヨウトシタンデショウ？〈アンヌ・デバレード〉ミタイナ虚ロヲネ》
目を背《そむ》けつづけてきた真実を突きつけるかのように、辛辣《しんらつ》な声が、心の内にこだまする。
《トコロガ何テコト、イツノマニカ、物語ノ罠《わな》ニ絡メ取ラレテシマッタノネ》
ああ、とうとう聞いてしまった……。ひそかな虚ろなどというものがあったことさえ忘れるほどの、あの多幸感。あの何かが決壊したような晴ればれとした心の中心にあったのは、要するに、恋心だったのだ。だからこんなにもしくしくと胸が苦しいのだ……。由々はくらくらし、思わず目を閉じた。
まさか、こんな感情に支配されることになるなんて。つづきの物語が、こんなふうに終わることになるなんて……。

デパートが開いた頃、由々は重い足取りで仕事場を出た。
地下の食品売り場はすでにそこそこに混んでいて、賑やかだった。野菜が払底していたはず……。ああそれよりまず、お昼だ。何を作ろう……。夜いきなり映画に出かけ、そのまま一晩、帰らなかったというのは、いくらなんでも勝手な振る舞いに違いなかった。さすがに寛夫に申し訳ない気がした。

由々は空のカゴを下げたまま、上の空で、うろうろしつづけた。

魚売り場で足を止めると、それまで気づかなかった、あたりの物音や声が、籠《こも》ったように、わあんと由々の頭を包みこんだ。ぼーっとしたまま、珍奇な魚など眺めていると、背中の後ろの会話が、切れぎれに耳に飛び込んだ。

「あら」

「……あらあ……」

「……父がね……入院……」

中年の女性のものらしいきれいな細い声が、耳の中で徐々に言葉の形になり意味を持ち始める。溜め息まで聞こえる。

「もう齢《とし》だから……」

「……そうだったの……こっちは母がねえ……」

もう一人の声は少し低い。

「そう……。進まないといいわねえ」

たがいに思いやるような、ゆっくりした会話はひそひそした小声になり、じきにあたりの、わあんとした音の渦に溶け込んでいったが、

「みんないつかは来るものね、おだいじね！」

「そちらもね！」

という、励まし合いがはっきり響いたあと、別れて歩き出す気配がした。

由々は手近にあった切り身魚をカゴに入れると、その場を離れて歩き出した。前のほうにいるのは今の二人のどちらかだろう。小柄な女性がカートを停めて、真剣そうに商品ケースを覗きこんでいた。由々は目についた食品を二つ三つカゴに入れた。

仕事場に一つおいてある〈マイバック〉を忘れたためにレジ袋を下げ、由々は来た電車にとびのった。それが行先の違う電車だったことに気づいたのは、違う方向に曲がってから二駅も進んだときだった。

由々は電車をおり、二駅歩いて戻ると、プラットホームの上にぽつねんと立ち、乗るべき電車が来るのを、ぼんやりと待った。


「ああ、お帰り」

寛夫はソファーで本を読んでいた。

ゆうべはごめんなさい、お昼は何か美味しいものを作ると言いながら、何を作るか少しもわからないまま台所に入ってみて、カレーの匂いがしていたことに気づいた。

「……あら、作ってくれてたの？」

「うん。メール、見てなかった？　食べたくなったから」

居間で寛夫が答えた。

「……見なかった。ありがとう……」

由々は、何だかたまらなくなり、シンクに手をついた。

（……ああ、わたし、何やってるんだろう……）

何って……。ちゃんと一冊、終わらせたじゃないの。それに親たちは、まだ何とか元気にしているし、家にいる人が食べたい昼食を作ったからといって、何か問題がある？　それでも、何やってるんだろうという思いが、どうしようもなく押し寄せる。

「じゃあ、サラダ作るわね！」

由々が台所から叫ぶと、もう冷蔵庫に入ってるよと寛夫の声が答えた。


食卓で寛夫が言った。

「おふくろから電話がきて、昨日、駿がおみやげもって来たって言ってた」

「おみやげ？」

「うん、民芸品の袋をもらったとかって喜んでた」

民芸品？　由々は持ち上げたスプーンを途中で止めた。あ、そうだった……。南米に出張に行くって言ってたんだった……。そんな遠いところに行ってたなんて。そのことをすっかり忘れていたなんて……。顔が赤らみ、それから蒼《あお》くなる。

一しずくの漂白剤がぽとんと滴り落ちたかのように、頭の中が、たちまちぱあっと白くなっていき、向こうから現実がくっきりした輪郭をもって姿を現した。

「……おかあさん、お変わりなさそう？」

寛夫の母親は、一人になったのを機に、義弟夫婦の住まいからほど近いマンションで暮らしていた。腰がどうのと言っていたが、まずまず元気そうだったと寛夫は言った。

「……でも、涼しくなったら、行ってみるわね。駿にも会いたいし。……行く？」

義母も両親も、たとえ今は元気でも、この先、状況は変化するだろう。義弟夫婦や奈々にばかり頼るわけにはいかない。〈みんないつかは来るものね〉。遠くない将来、さっき耳にした言葉のとおりになるだろう……。そういう年代を生きているのだ。

「そうだねえ……」

そうつぶやいたあと、寛夫は、眼鏡の奥から柔和なまなざしで由々の目をしっかりと覗きこむと、

「……だいじょうぶ？」

と、静かに尋ねたのだった。

13

夏が終わろうとしていた。

クローゼットを開けて、ぼんやりと一渡り見わたし、発光体のように光って見えた一枚を引っぱり出してみると、やはり〈黄の花のワンピース〉だった。

目にしたとたん、胸の底に鎮まっていた澱《おり》のような悲しみが、一瞬こみあげそうになった。それでも、その服を嫌いになることはできなかった。由々は、それを着ることにした。これを着るのは、この夏は今日が最後だろう。

家を出るときに郵便受けをのぞくと、もう郵便物が入っていたので、自分宛のものを二、三、バッグのポケットに入れて電停に向かった。

市電に揺られながら、由々は、以前のように本を開いて読みふける。もうだいじょうぶ。心は穏やかだ。心の上澄みは……。

仕事場に入り込んだ由々は、窓を開けると、昨日の続きにいきなりとりかかった。短編集が済んだら、次にやろうと決めていた、これもまた同じ作者による長編小説だった。

毎日、毎日、昨日の続きにとりかかる。とりかかりさえすれば、ほどなく集中する。集中していれば、いつしか一ページが終わる。そして新たなページの一行めに入る。たんたん、たんたんとそれを繰り返す。

作ってきたサンドイッチを紅茶で流し込むようにして昼食をとりながら、その間も手を休めることなく、由々は訳しつづけた。ようやく画面から目をはなしたのは、部屋の中がいくらか翳りを見せたときだった。途中で肩を回したり、伸びをしたりしなければいけないとわかっていても、興がのるとつい忘れてしまう。由々はやっと背を伸ばした。

数歩も歩けば、ピアノに行きあたるけれど、あの夜以来、ピアノの蓋が開けられることはなかった。それなのに、ふとしたはずみで、またあのメロディーを耳に聞いてしまう。

ラシレードー……ファラソー……。

表現記号は〈モデラート・カンタービレ〉。歌うようにふつうの速さで。

けれど、〈控え目に、無茶をせず、節度をもって〉。それが〈モデラート〉のもともとの意味。〈モデラート〉に生きる。つまるところ、それがいちばん好ましいことなのだろう。

ジョー子が奇しくもそう評したということは、外から見た自分はそういう人間だったということだ。

（たしかにジョー子ちゃんは、モデラートから、遠く離れてた……）

ジョー子に対して覚えた苦々しさは、十代の由々が懸命に蓋してきたものをありのままに曝《さら》して平然としていることからくる感情だったのだと――あまりにも遅ればせながら――今、由々は思う。ジョー子ちゃんときたら、あんなんで大丈夫なのかしらとつぶやきながら、由々は、漠然と心に兆《きざ》す、自分が間違えていたのかもしれない、損をしてきたのかもしれないという思いを、気づいてはいけないもののように、いつもやんわり逸《そ》らしてきたのだった。そんな感情を薄くもやもやと心に宿しながら、ふしぎと、ジョー子を嫌いに思ったことがなかった。

〈ジョー子ちゃん、あちこちにゴッゴッぶつかりながら、ちゃんといい感じの大人になっていったのね〉――公美子の言葉がよみがえる。そんなふうにジョー子が生きてきたあいだ、たしかに自分は、ひどく傷つくこともなく、そしておそらくだれかをひどく傷つけることもなく、過ごしてきたのだろう。〈地に足をつけて、バカなことをせず、モデラートに〉……？

由々は、椅子の上に両膝を立てると、スカートごと腕で抱え、顔を埋ずめた。それならばこれからも、これまでどおりにやっていけばいい。それだけのこと……。

でもやがて、ハッ……という捨て鉢な息をして膝の上から顔を上げると、さっさと帰り支度を始めた。

以前そうだったように、〈村岡珈琲〉でフレンチローストを飲みながら、少しばかり本を読もう。夕方には西陽の射す、あののんびりした古びた空間で活字を追えば、穏やかだったひと月前の時間にもどっていくだろう……。そう、たったひと月前に戻るだけのことなのだ。龍彦の試験は、とっくに終わったろうし、その後また、かりにこちらに来ていたにしても、いくらなんでも、もう東京に帰ってしまったことだろう。龍彦がいなかった頃を取り戻すのは簡単なこと。いったいあの頃に、何か不都合があったろうか。ありはしなかったはず……。


仕事場を出ると、かすかな秋の香りが鼻先をかすめた。

何日ぶりだろう。由々は、色硝子《ガラス》の小窓がついた玄関扉の、昔ながらの丸いドアノブを回した。

扉の鈴を鳴らして店内にはいったとたん、カウンターの中にいた村岡さんの顔が、ぱっと勢いづいた。

「由々さん！　ああ、やっと来てくれた。来ないか来ないかって、ずっと待ってたんですよ」

そんなふうに話しかけられ、由々はそのままカウンターのはじに腰かけた。

「龍彦がご馳走になったそうで、すみません、ちゃっかりと……」

「……ううん、おつきあいしてもらったのよ。いつだったかしら、夕方お散歩してたら、ばったり龍彦さんに会ったものだから。一人で〈かささぎ亭〉に行くのは、ちょっとさびしいし」

ごくふつうの調子で由々は言う。人は、かなりのところまで心を隠し、平静を装えるものなのだなあと思いながら。

村岡さんは、手を動かしながらつづけた。

「由々さんといろいろお話できたって、すごく喜んでました。実はあいつ、いきなり就職が決まって、あれからちょっとして、ここ発ったんです」

九州の私立高校に勤める大学の先輩から連絡があり、欠員ができたから来てほしいと言われ、二学期から教えることになったのだという話を村岡さんはした。

「そう……よかったわねえ……」

「あ、それで、道で撮ったっていう写真、由々さんに転送してほしいって、ぼくのところに送ってきてるので、よかったら教えてください、アドレス」

「……え、あ、もちろん。送ってってわたしがたのんだのよ」

するとと村岡さんは、つかんでいた口細の銀色のケトルを下ろし、

「あ、そうそう、これ」

と言って、カウンターの下から大きめの茶封筒を取り出し、由々に渡した。

「預かってたんです。由々さんにあげてほしいって。あおいゆたかさんの写真集。一枚一枚の写真に付箋が貼ってありますよ。ここはどこそこから東に歩いて三本目の電信柱から下を見たところ、とかってね。暇にまかせて、ぜんぶの場所を探し当てたみたいですよ」

封筒の口から、象牙色の大きな付箋のへりだけが何枚も立ち上がっているのが見えた。

「まあ……すごい……」

写真集を取り出しかけた由々に、村岡さんはつづけて言った。

「それと、いらしたら、お礼と一緒に伝えてほしいって言われてたことがあるんです」

そして村岡さんは、龍彦が、〈波止場座〉で偶然、〈雨のしのび逢い〉を見たといって、興奮気味に話を聞かせてくれたのだと、笑いながら言った。

「由々さんに、よほど教えたかったみたいですよ。友だちが旅行で来てたらしくて、昔のフランス映画をやってるから行こうってことになって行ってみたら、始まってびっくりしたんだそうです。かささぎ亭で、その本の話が出たんですって？　……波止場座にかか

ること、由々さん、知ってたかなあって言ってました」

村岡さんが、コーヒーの溜まった琺瑯《ほうろう》のポットの柄を持ち上げながらつづけた。

「デュラス自身が脚本を書いてるのに、本人は映画が気に入らなくて監督と喧嘩したんですってね。でも、いい映画だったって言ってました……。由々さん、見たことあります？」

「え？　あ……ええ」

由々は、自分もその日の夜になって気づいて、慌てて見に行ったのだと話した。

「……そう、龍彦さんもいたのね。混んでたからわからなかった……」

「そうだったんですか。あいつそれ聞いたら安心するだろうな。というか、残念がるかな、気づかなかったこと。はい、どうぞ……」

「ありがとう……」

厚手の花模様のカップで出された深煎りのコーヒーを一口飲んだあと、ゆっくりと窓のほうを向いて目を細める。西陽が射し込み、まぶしかった。そう、小説の中のカフェにも西陽が横から射し込み、アンヌが見上げる男の顔を朱く染めるのだ……。

沈んでいた悲しみがくるくる回りながら浮かび上がってできた渦に、ほのかな明るさが差し、溶けていっしょにくるくるするうち、気怠さに包まれていった……。

由々はようやく、写真集を封筒から取り出した。二本の轍《わだち》がのび、まだ若木らしいプラタナスがぱらぱらと立ち並ぶ、懐かしいような一本道の写真が表紙を飾り、〈故郷の小道〉という題字が銀色に刻印された本は、付箋の分だけ厚みを増していた。

試しに開いたページに貼られたメモを読む。いかにも龍彦のものらしい几帳面で伸びやかな青色の文字が目に飛び込む。〈宮ノ坂一丁目の大橋写真館の手前を左に入り、三軒めと四軒目の家の間〉……〈旧公民館の裏手の階段・今は手摺が付けられていますが、当時これを登るのはきつかったでしょうね〉……。こんなものを作ってくれたなんて……。そして、映画のことを、懸命に伝えようとしてくれたことが、やっぱり嬉しかった。

ふと、村岡さんが、シンクに手を付きながら、違う調子の声で言った。

「龍彦も、もうしばらくは、映画だ何だと言ってられなくなるんでしょうね。明日から新学期が始まるはずだから、今頃はさすがに緊張してるだろうな……」

その瞬間、心がカタン……と寂しい音をたてた。

村岡さんに、夢中で〈雨のしのび逢い〉の話をし、写真集を託し、自分へのことづけを頼んだ龍彦は、過ぎ去った時間の中の龍彦なのだ。今はすっかり入れ替わった新しい風景の中で、明日からの生活の準備に、身も心もいっぱいのはず……。そしてこの先は、怒濤《どとう》のように押し寄せる毎日にぎゅるぎゅると巻き込まれていくだろう……。大勢の生徒たちに囲まれて……。

いずれここを去ることは、初めからわかっていたし、もうすでにいないだろうこともわかっていたし、だからこそ、ここに来たはずだった。でも由々は、今、つくづくと悟ったのだ。龍彦は、ほんとうに、ほんとうに、去ってしまったのだということを。

十一歳の〈ゆゆ〉に、〈タツヒコさん〉のそれからの人生はなかった。縁側での、あの短い宝物のような時間の中に、〈タツヒコさん〉は嵌《は》め込まれたままだった。そんな〈ゆゆ〉には見られなかったそのつづきを、由々はたっぷり見ることができた。けれど、大人になったその目は、その先をも、ぼうっと見はるかすことができてしまう……。あの、閃光のような鎌鼬《かまいたち》の痛みに耐えて、ほんの少し目を凝らしさえすれば、ありありと見えてくる未来の龍彦の時間。その長い航路の眩さにくらくらする。

〈ゆゆ〉と〈由々〉に、さしだされたのは、〈タツヒコさん〉と〈龍彦〉の、限られたいっときだけ。二十歳を少し超えた彼らの、輝かしい、ほんのいっときだけ。そういうことだったのだ……。

このカウンターの、すぐそこの椅子にすわっていた龍彦を思い出す。

その笑顔をもっとはっきり見ようとすると、笑みは〈タツヒコさん〉の笑みと混じり、やがてチェシャ猫の笑みのように、曖昧に、薄く、透明になった……。

由々は、あらためて『故郷の小道』の最初から一ページ一ページゆっくり繰っていった。〈山麓小学校隣の古川医院の裏口から続いていたはずの道。でももうありません、残念〉……。〈欅町《けやきまち》のバス停から上っていく坂に建つ黄色い家と青い屋根の家の間の道であろうと思われます〉。丁寧なコメントに〈心づくしの〉という言葉さえ浮かんでくる……。

とその時、あの切り通しの写真が現われ、〈ここの説明は不要ですね！〉というコメントを見たとき、不意に涙がこぼれそうになり、由々は急いでページを繰った。やがて表紙に使われた写真があらわれた。〈緑が原公園の南門前から西を見たところ。このからんとしたプラタナスの並木を横から眺めたら、ドリスコルさんが見たシルエットにそっくりだったでしょうね。今は大木になって葉も繁《しげ》り、完全にトンネルになってます〉――。つい笑みがこぼれる……。

「龍彦のやつ、かれこれひと月、うちにいたんですよ。いわば、最後の気楽な夏休みをここで過ごしたわけですけど、そういうときに由々さんにお会いできて、よかったと思いますよ」

「……それはわたしにとっても同じよ。よろしく伝えてくださいね。写真集も、映画のことも、とっても嬉しかったって。それに、就職、おめでとうございますって。龍彦さん、まちがいなくいい先生になるわね」

そう言っていただけて嬉しいですと村岡さんは言い、ペコッと頭をさげた。

フルート・ソナタが今日もまた静かにあたりを満たしていた。

しばらくカウンターの後ろで本を読んでいた村岡さんが、立ち上がった折に、ふと、

「ああ、そうか……」

とつぶやいた。

「……え？」

由々もまた、本から顔を上げる。

「由々さん、たしか前にもそのお洋服、着てらっしゃいましたよねえ。そのせいでしょうかね。そのときも思ったんですよ。なんかこう、ちょっと雰囲気がちがうなあって」

由々は、思わずぷっと小さく笑った。

「そう？　でも、これを着るの、今日が最後。だって、もう夏、終わりだもの」

そう。夏の日々は、今日で終わり……。夏服はもうそろそろしまわなくては……。

14

バッグを肩に下げ、封筒に入れた〈あおいゆたか〉さんの写真集を両腕に大切に抱えて店を出た由々は、すみれ色に染まっていく夕暮れの道をゆっくり歩いた。少し坂を上り、それから下る。はるか下には、いつものように、濃い青色の海が広がっていた。

そろそろ夏服はしまわなくちゃと母に言われて、あわてて〈黄の花のワンピース〉に着替えて通りへとびだしたときのことを、由々は思い出していた。素敵なこと起こらないかなあと夢想しながら自分こっきりの世界に浸り、スキップしていたことを。あれから何年も、何十年もたった、夏の終わりの今日の日、わたしはこの服を着て、こんな素敵なプレゼントを抱えている……。

坂の途中のポストにさしかかったとき、由々は足を止めた。

この場所に立って海を見下ろしながら、阿呆のような幸福感に浸っていたのは、龍彦と山麓を歩き、〈かささぎ亭〉に行った翌日のこと……。あんな感覚に包まれることなど、二度とあるまいと思っていた。だが、あの喜びが、じんわり蘇ってくるのを感じる。龍彦は行ってしまったけれど、この夏は、重たい灰色のままに終わったわけではなかったのだ……。

由々は、封筒の口から、中の写真集に一度目を落としたあと、いためないように、そっとバッグにしまった。その時、外ポケットがカサッと音をたてた。家から持ってきた郵便物がまだそのままになっていたのを由々は思い出した。ポケットのチャックを開けて覗いてみると、一つは出版社からのB5版の茶封筒だった。

歩道の端の石塀に寄りかかり、由々は封を切った。一筆箋が付された紙束が入っていた。編集者の見なれた字が並んでいる。

〈お世話になっております。『ドリスコルさん』の読者カードがまた少したまったので、コピーをお送りします。好評で何よりです。そのほか、先週、お手紙が届いていましたので、それも同封いたします〉

読者カードに書かれた感想を読むのは楽しい。もっとも、たまに誤訳の指摘をされることもあり、そんなときは青ざめながら、すぐに原書にあたって確認することになるのだが。

ここでゆっくり目を通すわけにもいかず、由々はコピー紙を茶封筒にしまうと、〈編集部気付　杉村由々様〉と、端正に宛名書きされた厚手の白い封筒を裏返してみた。

由々は息をのんだ。こめかみが、じんとした。〈山中（旧姓安西）れい子〉と記されていたのだ。

由々は茶封筒をバッグに突っ込み、矢も楯《たて》もたまらずに、その場で白い封筒の糊をはがし、便箋を取り出した。鼓動が高鳴る。

なよやかな女性を思わせる、流れるような文字が並んでいた。

《杉村由々様

『ドリスコルさん』を、しみじみとした思いで読み終えました。そして、感動の覚めやらぬぼうっとなった頭のまま、このような美しい言葉に翻訳された方はどなたなのだろうと、奥付上の訳者紹介を眺めているうちに、あっ……と、自分の粗忽《そこつ》さに気づき、こうして、ペンをとりました。

ゆゆさん（などとなれなれしく、しかも平仮名で書かせていただくことを、お許しください）、ゆゆさんは、小学五年生の夏、合同音楽祭で、並んで一緒に歌った、緑が原小学校の安西れい子という子どもを覚えていらっしゃいますか？　私です。――私は、ずうっとずうっと、ゆゆさんに謝りたいと思いつづけていました。夏休みの初日に、ゆゆさんが私を訪ねて下さったとき、（お気づきだったと思います）、私はいないふりをしましたね。そのことが、心にささった小骨のようにずっと残っていました。

ゆゆさんがいらしてくれるのを、私はとても楽しみにしていたのです。なぜなら、音楽祭でご一緒したとき、たったあれだけの時間でしたけれど、言葉も心も通じるお友だちに会えた気がし、嬉しくてたまらなかったからでした。それなのに、あの日、遠方からやってきた、父の友人の子どもたちと遊び興じているうちに――どうしてあんなことをしたのかしら、あんな自分らしくないことを、と何度も思ったものですが――あのような心ないことをしてしまったのでした。ゆゆさんを傷つけてしまったことはもちろん、せっかくの機会を自分でふいにしてしまったことを、ずっと、悲しく、情けなく思っていました。（高校に入ったとき、駒鳥小だったという方に、ゆゆさんのことを尋ねてみました。そして、ゆゆさんが東京に引っ越されたことを聞いたのです。東京に行ってしまったというのは、あの頃の私には、距離的にはむろん、心情的にも、とても遠くなった感じがしたものです）

ところがこのたび、たまたま手にした『ドリスコルさん』のおかげで――呆れられそうですが、翻訳者名をきちんと見ないまま、どんどん読みつづけていたのです――あの〈ゆゆちゃん〉と、〈杉村由々さん〉が、つながったのです。いったんつながってみると、ゆゆさんが、このようなお仕事に就かれていらしたことが、とても自然に思われました。――それに（これはちょっと別の話ですけれど）ほら、ドリスコルさんが冬の夜、寝ようとして部屋の窓から外を覗くところがありますでしょう？　しんとした気持ちで音のない銀世界を見つめてるのに、雪をかぶった木に目を留めたとたん、それが大きな白熊が一本足で立ってふざけてるみたいに見えてきて、つい、笑いながら木に向かって話しかけるところ……。あそこ、大好きなシーンだったのですが、そこを読んだとき、ああゆゆちゃんが話してるみたいって思ったのです。覚えていらっしゃるかしら？　あれはハリギリだったのかしら、公民館の楽屋の窓から見えていた梢の木の葉が風にそよぐのを指さして、ゆゆさん、「あの枝とあの枝って、めそめそ泣いている下の葉っぱを上の葉っぱたちがいい子いい子って頭なでてなぐさめてるみたいじゃない？」っておっしゃったんです。あの時、私は、あ、ほんとだ！　とわくわくし、それからも、そんな枝を見るたびに、そのことを思い出していました。作者とゆゆさんが似ていらっしゃるのかしら、それともゆゆさんの翻訳のトーンゆえなのかしら、などと、思いめぐらせたのです。

子どもだったとはいえ、あの日のこと、どうかお許しください。

音楽祭で見せて下さった女の子のついた栞のことも覚えています。（ゆゆさんを思い出

そうとすると、あの栞の子が浮かんでくるのです）
このようなことを、ゆゆさんが、とっくにお忘れになっていらしたなら、居心地の悪い思いをさせてしまったかもしれませんが、でも、むしろホッとするくらいです。
こうしてお手紙を書かせていただくきっかけにもなったという意味でも――つい、筆がすべり、思い出話まで書いてしまいましたが――『ドリスコルさん』に出会えたことを、大変、ありがたく思っています。
どうぞお元気で、お励みくださいますよう。

安西れい子」


便箋三枚に書かれた美しい手紙を読み終えて、ゆっくり顔を上げると、あたりはいっそうすみれ色に染まり、海は、藍色に変わっていた。

由々は、いつのまにか頬を伝っていた涙を指でそっと拭《ぬぐ》った。

瞼《まぶた》の中で、薄れていた安西れい子ちゃんの、可愛らしくこぼれるような笑みが、ふたたび像を結んでいた。

（れい子ちゃん……。安西れい子ちゃん……。そうだったのね。やっぱりほんとうは、わたしが行くのを待ってたのね。ずっとわたしのこと覚えてて、気にしてくれてたのね。あの栞のことまで……。でも窓の外を見ながら、わたしがそんなこと話してたなんて、ぜんぜん覚えてなかった……〉

　こんなことがあるなんて……と由々はゆっくり息を吐いた。

あの朝、芝生ごしに見たテラスの光景が、またよみがえる。〈いないっていえばいいの？わかった……〉という、よそいきを着た女の子の抑えた声までも……。

長い長い時を経て、やっとほどけていくものもある……。

あの夏の終わりに、帆のように風を間切りながら、もう一つの光景を、ひそかに描いていたじゃないの。向こうかられい子ちゃんが駆けてきて、〈ほんとはゆゆちゃんを待っていたの〉と言ってくれる姿を。

　ひりひりと辛かったあの夜明け、耳の奥で聞いた〈自分デ創ッタ物語ニ、自分カラ飛ビ込ンデイッタンデショウ？〉という意地悪な囁きは、必ずしも真実ではなかったのだ。〈物語〉は、由々の与《あずか》り知らぬところで紡がれ、こんなふうにつづいていたのだから。

　しばらくじっとしていたあと、手紙をバッグに入れ、由々は石畳の歩道をようやく下り始めた。

この仕事をしていてよかったという思いが、じんわりとこみ上げてきた。

その時、ぽっと灯がともるような、一つの感触を得た。

機《はた》を織り続けることがそのまま自分自身でいることであり、自分を満たすものでもあった、カテリーナ・ドリスコル。自分の場合は、到底、彼女のようではあり得ないと由々は思いつづけてきたが、少なくとも、翻訳という作業が、膨大な時間を満たしてくれていたのはたしかだった。その間、自分自身は満たされていなかったろうか？　自分だって案外、ドリスコルさんのようだったのかもしれない……。軒を借りて、肩身の狭い思いで暮らしているように思っていたけれど、本当は、じゅうぶん住み心地のいい自分の部屋にいたのではないか？

翻訳という仕事に対して、由々がずっと遠慮がちだったのは、語学的経歴のためだけではなかった。根本のところで及び腰だったのだ。

制服を着て会社の書類を作るより、言葉を扱う翻訳業に適性がありそうなことは明らかだったものの、小説に向き合うということが、何とも言えず怖かったのだ。作者の呼吸と――それとも登場人物の、だろうか――自分の呼吸とがぴたりと重なり共振したように感じるとき、嬉しさと同時に不安になるのだ。彼我《ひが》の境が曖昧になり、自分が語りだしてしまいそうで……。できるだけ精確に、けれど遠巻きに、たんたんと実務的に、そう努めてきたのは、それを恐れていたからでもあったのだ。

でも、きっとそれでちょうどだったのだと、初めて由々は思った。このように進めてきた仕事の果てに、何十年も不在だった安西れい子ちゃんの心にまで辿り着いたのだから。

〈……あの〈ゆゆちゃん〉と、〈杉村由々さん〉が、つながったのです。いったんつながってみると、ゆゆさんが、このようなお仕事に就かれていらしたことが、とても自然に思われました……〉

そんなことを言ってくれる人がいたなんて……。ああ、そして、れい子ちゃんは、白熊の場面を、「ここ」と指し示してさえくれたのだ。

そこは由々の好きな場面だった。ドリスコルさんの意外な一面が見えて嬉しくなり、一緒にわくわくしたのだ。

(白熊みたいに雪のつもった木がわたしの目にもちゃんと見えて、わたしも話しかけたくなったのよ。そうだ、たしかにあれは、わたし自身の言葉だった……)

どうしようもなく、自分自身の言葉がこぼれ出てしまうことがあるときには、もうそれはそれでいい、きっとそういうことなのだろう。

(あ、この住所って……)

あらためて封筒の裏を見つめたとき、由々はハッとした。それはたぶん、この前通ったばかりの、以前のれい子ちゃんの住まいのあたりらしかった。家を建て替え〈山中〉という表札を出して、あそこに住んでいたんだ……。何ということだろう、おそらく、ずうっといたんだ。この町に……。

（会いにいけるじゃない！　あの電停で降りて、あの坂をのぼって、横道に入って……）

あの夏休みの一日目を、四十六年たって、もう一度やり直すことができるのだ……。坂道を上るときは、やっぱりドキドキするだろう。でも今度のドキドキは、あの時とはちがう。だって今度こそはちゃんと会えるのだから。

（栞を作って持っていったら、きっと喜んでくれる。れい子ちゃん、コバルト色のスカートをはいているかしら……？　あらやだ、そんなはずないじゃないの……）

吹き出しながら、由々の心は、ぽおっと明るんでいく。れい子ちゃんは、どんなおばさんになったろう。『ドリスコルさん』のような地味な本を手に取って読み、こんな手紙を書いてくれた人なのだ。きっと、やさしいきらきらした目で微笑んでくれるにちがいない。新しい喜びが、ふつふつと生まれてくる……。

電停に着いた由々は、プラットホームに差し掛けられた半透明の庇《ひさし》の下で、腰丈の高さにわたされたバーによりかかった。山の稜線の上に広がる薄紫色の空には、透き通った三日月が、浮かんでいた。

ラシレードー……ファララーソー……シレレードー…ソソラ、ファ……。

ひとりでにハミングが漏れる。夜明け前にディアベリのソナチネの楽譜をとりだしたとき、空気がゆらありと動き、波動が伝わり、何かがかすかに始まっていたのかもしれない。

不思議を呼び寄せたこのメロディーが、今、また愛おしかった。

隣では、おばあさんらしい二人づれが、バーに身体と買い物袋をあずけて、楽しげに話をしていた。そのボタン、ずいぶん光るわねえ……そりゃそうよ、ダイヤモンドだもの……。二人一緒にあげる、いかにも仲良さそうな笑い声が庇にこだまする。

その時ふいに、〈あのね、みんなちゃんと仲良しになるんだよ〉という〈タツヒコさん〉の言葉を思い出した。

あの夕暮れの縁側で、〈タツヒコさん〉がそう言った時、〈ゆゆ〉は思ったのだ。そんなんじゃないから、仲良しになんかならないのだって。

(でも、ほんとうに、そのとおりになったじゃないの……)

ジェラール・フィリップが好きだった、あのおばあさん……。〈あおいゆたか〉さん……。

そうよ、あの白い子犬だって。そして今、何よりも大きなもの、ほんものの安西れい子ちゃんの、ほんものの言葉が、バッグに入っているのだ。

切れたままになっていた〈ゆゆ〉とあの人たちとをつなぐ糸が、きゅうっと結ばれたようだった。この夏の、すがすがしく、甘く、でも切なく辛かった日々の流れの中で、いろんな形をとりながら。

〈〈タツヒコさん〉は、あの日の悲しみや情けなさを、魔法の杖の一振りのようにきれいに消し去ってくれた。でも、いつか仲良くなれるのだってことを、この夏の日々に、ほおら、と示してくれたのは、龍彦さんの魔法だったのではないかしら……〉

そしてわたしは、その魔法にかかってしまったのかも……と由々は思い、切なくなった。その時、〈思ったとおりにいかなくて、がっかりしたり、悲しくなったりすることがあったとしても、そういう日には、楽しいことだらけだった日にはない良さがね、案外あるのかもしれないんだ……〉という〈タツヒコさん〉の言葉が自然と思い出された。それがどういうことなのか〈ゆゆ〉にはわからなかった。でも今の由々には、わかる気がした。

期待と失望、喜びと悲しみ、楽しさと辛さ、甘やかさと苦さ、光と影……明と暗が作る陰翳《いんえい》は、ものの輪郭を濃くし、意味深い色調を生み出す。それは、楽しいことだらけだった日にはないもの。だからこそ記憶に留まりつづける。そういうことなのではないか。あの遠い夏の一日がそうだったように。そしてこの夏の日々がそうなるであろうように。

あの遠い夏、わたしはたしかに、未熟で愚かで、けれどいちばん自分らしい自分だった。

何もかもからすっかり解き放たれて、風の中でくるくる回っているような、そして心に溢れてくるものを、ためらいなく、ざぶんとそのまま投げ出すような、何かそういうものだった。だからこそ、傷つきもし、そして、すがすがしかった。この夏、わたしは、そんな〈ゆゆ〉を身の内に抱えていたのだ。

（結局のところ……そう、結局のところ、特別で素敵な夏の日々だったじゃないの……）

それはもう、疑いようのないことだった。

だとしたら、恐れるのはやめよう。いちばん自分らしかった、あの十一歳の〈ゆゆ〉と、ずっと一緒にいよう……。

大きく息を吸い、仰向いた由々の目に、うっすら光る三日月が映った。まるで小首をひねり、口角をニッとあげて笑っている、本物のチェシャ猫の笑みのようだった。〈タツヒコさん〉と〈龍彦〉の、若いいっときの笑み。時が流れ、彼らが若い彼らでなくなったあとも、二つの笑みは一つになり、永遠に美しい〈善きもの〉として、空の彼方にうっすらと浮かんだまま、微笑みつづけるだろう。消えていかないチェシャ猫の笑みのように……。

湾曲した線路の向こうから、黄色い光を灯した市電が近づいてくるのが見えた。由々はようやくバーから身を起こした。

（さあ、帰って、ごはんを作ろう）

二十代の半ばから由々のそばにいて、どんな時でも変わらずに、淡々と書物を繙《ひもと》いている寛夫は、今日も穏やかな顔で「ああ、お帰り」と言うだろう。そしてごくまれには、「だいじょうぶ？」といって顔をのぞきこみもするだろう。いちばんはじめ、振り向いてそう尋ねたように。

まもなく、ゴーッという音とともに電車が到着し、開いたドアから光が溢れ出た。

相変わらず楽しげに話し続ける二人のおばあさんたちが「よっこらしょ」と乗り込む。

その後ろについて、由々もまた、乗り込んだ。

高楼方子(たかどの・ほうこ)

函館市に生まれる。

おもな作品に、『へんてこもりにいこうよ』『いたずらおばあさん』(この2冊により路傍の石幼少年文学賞)、『キロコちゃんとみどりのくつ』(児童福祉文化賞)『十一月の扉』(産経児童出版文化賞)『おともださにナリマ小』(産経児童出版文化賞・JBBY賞)、『わたしたちの帽子』(赤い鳥文学賞・小学館児童出版文化賞)その他、物語に『ココの詩』『時計坂の家』『緑の模様画』『4ミリ同盟』『ルチアさん』『リリコは眠れない』など、絵本に『まあちゃんのながいかみ』などがあり、翻訳に『小公女』、エッセイに『記憶の小瓶』『老嬢物語』がある。札幌市在住。

ゆゆのつづき

2019年10月　初版
2019年10月　第1刷発行

著　者　高楼方子
発行者　内田克幸
編　集　芳本律子
発行所　株式会社 理論社
〒101-0062 東京都千代田区神田駿河台2-5
電話［営業］03-6264-8890［編集］03-6264-8891
URL https://www.rironsha.com

装画・本文絵コラージュ　林美奈子
デザイン　郷坪浩子
印刷・製本　中央精版印刷
本文組　アジュール
©2019 Hoko Takadono, Printed in Japan
ISBN978-4-652-20340-8 NDC913 四六判20cm 222p
落丁・乱丁本は送料小社負担にてお取り替え致します。

本書の無断複製（コピー、スキャン、デジタル化等）は著作権法の例外を除き禁じられています。
私的利用を目的とする場合でも、代行業者等の第三者に依頼してスキャンやデジタル化することは認められておりません。